TODO LO QUE NO ME DEJA OLVIDARTE

ALBERTO VILLARREAL

TODO LO QUE NO ME DEJA OLVIDARTE

Planeta

Diseño de interiores: Beatriz Díaz Corona J.
Diseño de portada: © Planeta Arte & Diseño / Grupo Pictograma
Fotografía del autor: Editorial Planeta

Bajo el sello editorial PLANETA M.R.
Avenida Presidente Masarik núm. 111,
Piso 2, Polanco V Sección, Miguel Hidalgo
C.P. 11560, Ciudad de México
www.planetadelibros.com.mx

Primera edición en formato epub: septiembre de 2023
ISBN: 978-607-39-0592-3

Primera edición impresa en México: septiembre de 2023
ISBN: 978-607-39-0572-5

Impreso en los talleres de Litográfica Ingramex, S.A. de C.V.
Centeno núm. 162-1, colonia Granjas Esmeralda, Ciudad de México
Impreso y hecho en México – *Printed and made in Mexico*

Para todos los que me preguntaron alguna vez:
«¿Cómo vas con la novela?»,
y les mentí.

El contenido de este libro puede afectar ciertas sensibilidades. Algunos de los temas que incluye son el suicidio, el duelo, los desórdenes alimenticios y el consumo de sustancias.

Sugerimos buscar ayuda profesional, en caso de ser necesario.

LA ACUMULACIÓN

«Alguien se ha matado por amor por ti. Me gustaría haber tenido alguna vez una experiencia como esa. Me habría hecho enamorarme del amor para el resto de mi vida».

El retrato de Dorian Gray
Oscar Wilde

1.

Puedo verlo, pero no respira. Lo que no se mueve está muerto. Lo zarandeo con fuerza, quiero sentir que vive. Sé que estoy soñando y, a pesar de eso, es real. A un lado de Jorge hay otro hombre, Diego, mi segundo amor. Él sí respira, puedo ver cómo infla y desinfla su pecho, pero no abre los ojos. Lo nombro, pero no reacciona. Está vivo, eso lo sé, aunque me pregunto si eso es vivir. Hay un hombre más del lado opuesto de la habitación, una persona a la que nunca antes he visto, y junto a él otro hombre y otro más y otro más. Todos desconocidos. Mueven los labios como si dijeran «te amo»; sin embargo, no sale ningún sonido de ellos, solo vapor. Hace frío. Las ventanas están empañadas y nadie escribe sobre ellas.

2.

DESPIERTO CON SUDOR por todo el cuerpo. Es una sensación extraña y, aunque sé que debería de incomodarme, más bien me reconforta. Hasta el sudor me da cobijo. Me basta con revisar el celular que tengo en la mesita de noche para que la sangre se me baje a los pies: no puse la alarma. Tenía que levantarme a las seis de la mañana y ni los malditos pájaros pudieron despertarme. Ignoro los mensajes que me llegaron mientras dormía y me concentro en los números que marcan la hora. Siete con ocho minutos. No es tan tarde, no tendré tiempo suficiente para tomar una ducha, pero Santiago ya me agradecerá la consideración.

Me subo a la moto y salgo disparado hacia el aeropuerto. Tengo el superpoder de siempre llegar por lo menos un par de minutos antes de lo que marca el navegador. Todos me dicen que alguien me atropellará y que ni mil cascos podrán salvarme si no bajo la velocidad al manejar por la ciudad, pero yo pienso que ir rápido solo puede resultar bien en todos los escenarios posibles: llego temprano… o simplemente no llego.

Santiago voltea los ojos y levanta la mano una vez que entro en su rango de visión. Me acerco más y sonríe y me abraza y sonríe de nuevo y muestra un poco más de sus dientes, que ahora son más blancos de lo que solían ser. Ya quiero que hablemos de su blanqueamiento dental y lo sensibles que deben estar sus dientes con tanto desgaste. Se ve muy guapo, eso sí.

—Bonitos dientes —le digo, y me voltea los ojos otra vez.

—Bonito cabello.

—Nuevo corte, hijo de la chingada.

Estoy casi calvo, me tuve que cortar el cabello después de que se me quemara al intentar decolorarlo luego de una de las tantas decepciones amorosas que he tenido. Yo creía que eso del cambio de look al pasar por una ruptura amorosa era solo un chiste, pero ahora veo que no hay broma que no venga con un poco de realidad. Nos sentamos y pedimos un par de tazas de café. Para Santiago, un espresso, porque de un tiempo para acá se ha vuelto muy aburrido, y para mí un americano, no porque sea aburrido, es más bien la dieta… nada de azúcares ni de leche. Cuidar el cuerpo y meterle al gimnasio a veces también va de la mano con las rupturas y decepciones.

—¿Has hablado con Samanta? —me pregunta con la mirada baja. Todavía se siente culpable.

—Hablamos de vez en cuando, pero no la he visto en ocho meses. Siempre que voy a Monterrey está fuera de la ciudad y nunca podemos encontrarnos.

—Y… ¿de qué hablan?

—De lo metiche que eres.

Se ríe como aliviado, con un resoplido. Hace algunos años decidieron estar juntos y ser novios. Samanta siempre será la eterna enamorada de Santiago, aunque ella solo fue un salvavidas para él. Terminaron después de unos meses. La relación se desgastó tanto que ya no pudieron volver a ser amigos... y yo quedé con un grupo de apoyo desintegrado. Necesitaba de los cuidados de Santiago y los regaños de Sam, pero ya no podía tenerlos, al menos no como acostumbraba. Ese fue el último empujón que me llevó a dejar mi ciudad y probar suerte en la capital. Puedo ver brevemente a Santiago en el aeropuerto, pues la mayoría de los vuelos internacionales hacen escala en Ciudad de México y hace unos días me escribió para que tomáramos un café mientras esperaba su próximo vuelo.

—¿Has hablado con Valentina? —contraataqué.

—¿Qué te hace pensar que la he buscado?

—Vas a España, supongo que sigue viviendo allá.

—Ajá, con su esposo. Le escribí para decirle que iría a Madrid y me dijo que estaría bueno vernos los tres. Un poco raro, ¿no?

—Ya es hora de que tengas tu primer trío.

Sorprende la cantidad de historias que se acumulan cuando no has visto a alguien unos meses. Las anécdotas que creía insignificantes se vuelven necesarias, son el puente, la forma de conectar los mundos. El mío y el suyo. Le hablo de Diego y de Armando y de Dante y de David y de todos los que han pasado en los últimos meses, los que no se han quedado. Percibo la modulación de mi voz, a veces con resentimiento, otras con hartazgo, siempre con resignación. Santiago me habla de las mujeres con las que ha salido, de lo bien que la pasó con ellas. Las describe físicamente y él solo llega a la conclusión de que todas se parecen un poco a su primer amor. En personalidad sí que hay diferencias abismales entre todas ellas. Mi amigo solo busca enamorarse y parece que yo lo que necesito es que me amen. Dos caras de la misma moneda.

3.

ME PARECE EXTRAÑO REGRESAR del aeropuerto sin peso extra: no acarreo maletas ni las cargas físicas y emocionales que vienen después de un viaje. Y regreso solo, no puedo presumir siquiera que fui hasta allá para recoger a un amigo o a un familiar. No es así como se supone que uno debe volver del aeropuerto.

Me gustaría seguir en la calle. Ir por un café y un chocolatín y caminar por el barrio, pero tengo que llamar a mi psicóloga para nuestra cita quincenal. Tuve mi primer acercamiento a la terapia cuando mi novio murió. Mi psicóloga era una mujer joven que mostraba una empatía insoportable, podía ver cómo iba maquinando cada frase. Era como hablar con un robot. No me servía. Logré una autorregulación breve a la cual le siguió una recaída. Busqué ayuda psicológica una vez más, pero solo tuve tres citas con la terapeuta y me dio de alta. «No tienes ningún problema, todo está bien», me dijo y no supe si yo era un gran actor o solo no le agradaba mucho y quería deshacerse de mí. Después me rompieron el corazón… o me lo rompí, que es casi lo mismo, y una vez más decidí darle otra oportunidad a la terapia. Me molesta atribuirle sabiduría a los dichos populares, pero, en efecto; la tercera es la vencida. Me gusta tomar terapia con Claudia porque siempre me culpa de todo. No deja de sorprenderme esa habilidad suya. Puedo iniciar nuestra conversación seguro de que tengo la razón, pero después de cuarenta y cinco minutos ya no puedo mantener más el papel de víctima. Y me agrada, disfruto no ser la víctima, ser el *culpable* de mis desgracias me da el poder de solucionarlas.

Soy culpable de quedarme más de lo que debería, me pasa siempre. En las noches de fiesta con amigos no puedo irme del lugar hasta que prenden las luces y apagan la música. Aguanto las cenas hasta que el último invitado esté listo para irse y lo acompaño porque tampoco estoy dispuesto a quedarme con el anfitrión y ayudarle a lavar los platos. Odio enjabonar y enjuagar los cubiertos por sobre todas las cosas. Soy capaz de ver cómo mi relación del momento va cayendo en picada, no es difícil percatarse del instante en el que uno tiene que salir huyendo para no terminar herido o hiriendo, y aun así me quedo. No es cobardía: sé decir lo que siento. Tampoco es miedo a la muerte de los amores: puedo lidiar con los desenlaces, me traen satisfacción los puntos finales. Es solo que las despedidas rara vez son definitivas y me quedo con la sensación de que las cosas pueden mejorar, de que todo es cuestión de ajustar algunos tornillos para que la relación vuelva a funcionar. El *fear of missing out* de algo que nunca pasará.

4.

«TIENES QUE REGRESAR A MONTERREY», dice mi mamá a través del teléfono. «Si es que puedes, tienes que regresar». Frente a mí solo puedo ver las frases *si puedes* y *tienes que* dibujarse como queriendo formar un retrato familiar. La familia es voluntad y al mismo tiempo imposición. Mi mamá sigue hablando, pero yo ya no escucho más que una acumulación de palabras sin sentido.

Mi abuela está enferma, tiene ochenta y ocho años y está enferma. No hay mucho que pueda hacer para sanarla, está enferma y vive en Monterrey. Todos mis primeros amores están en esa ciudad. Mi trabajo, que hago de forma remota, tiene sus oficinas por allá. Es poco lo que me retiene en la capital: el caos que me quita la ansiedad; el movimiento constante me impide pensar; mis amigos, aunque son pocos, son diferentes a los de mi ciudad; la valentía. Corrijo: Monterrey también es una ciudad valiente pero allá la valentía se paga más caro. Después de navegar por las ventajas y desventajas de regresar a mi ciudad, decido irme a medias, para no perder la costumbre.

Aterrizo en Monterrey. Aunque en realidad el aeropuerto está en Apodaca nunca nadie dice «llegué a Apodaca», como que da tristeza llegar a un lugar que parece ignorado por todos, así que colectivamente hemos decidido rechazar y renombrar lugares. Mis papás ya me esperan en la terminal y cuando nos encontramos me llenan de abrazos sin importarles que nos vimos hace solo unos meses. Me adelantan que es probable que mi abuela vaya perdiendo la memoria, que sigue siendo fuerte aunque pronto todos seremos extraños para ella. Esta es nuestra última oportunidad para ver señales de reconocimiento en su mirada, la última vez que podremos hablar de los recuerdos que hemos compartido.

Llegamos a la casa de mi abuela, donde crecí. Al bajar del coche solo tomo mi mochila porque mi papá insiste en cargar las maletas, le gusta sentir que todavía lo necesito. El espacio se siente más amplio con mi abuela en el hospital y, bueno, mi abuelo hace mucho que dejó de habitarlo. Esta casa me vio crecer, jugar y llorar, y ahora se exhibe tan tétrica con una mezcla entre los buenos momentos y el abandono. Mis papás se adelantan al hospital. Yo enciendo todas las luces de la casa para sentirme seguro. Me parece que hay espacios del hogar que nunca antes se habían visto iluminados. Paseo, me basta con enfocar la vista en algún mueble para tener *flashbacks*. Me sorprende encontrar objetos que usé en mi infancia y siguen ahí, siendo útiles a pesar del tiempo. Me acerco a la puerta de la terraza, de madera gruesa recubierta de un barniz que la vuelve brillosa, la toco como queriendo sacar de ahí los recuerdos con las uñas.

Tengo seis años y creo que me he enamorado por primera vez. No puedo dejar de verlo. ¿Cuántos años tendrá? Es más grande que yo, pero no por mucho. Usa una playera de Pokémon, mis papás me compraron una igual, ojalá la tuviera conmigo en este momento. Quiero que vea que somos parecidos, que podemos ser amigos. Quiero abrazarlo, tomar sus manos y llevármelas a la cara; olerlas. Estoy muy confundido. Necesito que sea mi amigo, nunca antes había necesitado algo con tanta urgencia. Quiero llorar y no sé por qué. Lo miro mucho, de reojo, no quiero que nadie se dé cuenta. Me da vergüenza. Siento un huequito en el estómago, como si algo me faltara ahí, y en mi cabeza sobran los pensamientos, no puedo dejar de pensar. Y pensar. Y pensar.

No lo conozco a él ni a sus padres, creo que son amigos de mi familia porque todos platican en la terraza mientras toman cerveza y preparan la cena. Tomo una de las latas de la hielera sin que nadie se dé cuenta y le hago señas a mi prima y a él (no sé cómo se llama) para que entren conmigo a la casa. Tomamos tragos pequeños de cerveza hasta que la terminamos entre los tres y nos carcajeamos por la travesura. Yo pienso que esto es lo que hacen los amigos.

Mi prima propone un juego que no conozco. Yo quisiera jugar a las escondidas y esconderme con él, que pasaran las horas y no nos encontraran. Ganar todos los juegos juntos. En vez de eso corremos por la casa, huimos del otro; si te tocan, pierdes y los demás huirán de ti hasta que logres tocar a otra persona. No hay demasiado espacio, así que corremos entre los muebles y pasa lo inevitable: chocamos.

Nuestros tres cuerpos se golpean como si en realidad el juego se tratara de encontrarnos y no de evitarnos. Caemos hacia atrás. Al principio mi caída es amortiguada por una otomana que sostenía una puerta para que el viento no la cerrara, pero después mi cabeza impacta contra la puerta. Me llevo las manos a la cabeza y pienso que nunca nada me había dolido así. Mis manos están empapadas de sangre y solo puedo pensar en que mis papás me regañarán por ensuciar la otomana de mi abuela.

Puedo ver la sangre todavía en el filo de la puerta, Sé que lo estoy imaginando porque es imposible que siga ahí después de tanto tiempo, pero puedo ver la sangre.

5.

MI ABUELA NO SE VE ENFERMA, solo dormida. Me gustaría hablar con ella, hacerle bromas y reír, pero está dormida y las bromas solo son divertidas si alguien las escucha. Soy aburrido cuando estoy solo: pienso mucho.

Cuando finalmente abre los ojos me mira directamente, como si ya supiera en qué lugar de la habitación me encontraría. Me acerco y tomo su mano entre las mías, siento que necesito unas manos más grandes para poder sujetar su cuerpo entero. Dice que se encuentra bien y que todos son unos exagerados, que son ellos quienes la están matando al tenerla lejos de su casa, sus plantas y los pajaritos que cada día llegan a su terraza para ser alimentados. Y yo le creo, porque se ve tan fuerte como siempre y porque quiero creerle. No podría lidiar con su muerte. La abrazo y le veo la cara de cerca, es el mismo rostro que he visto desde que tengo memoria. No parece haber envejecido y pienso que me gustaría contarle las arrugas para que mi cabeza no me engañe. Mantener un diario que me muestre que el tiempo sí está pasando. Año 1999: tres arrugas en la frente. Año 2010: se han agregado cuatro arrugas cerca de los ojos. Año 2018: hay dos o tres arrugas largas a ambos lados de la boca y muchas otras como venitas que salen de los labios. Año 2023: se ve más joven que nunca.

Me cuenta que un día despertó y fue como si sus últimos años hubieran pasado sin dejar registro. Se acordaba de mi abuelo, que había muerto algunos años atrás, pero no de mi prima que la visitaba casi todas las mañanas. Sabía que mi madre era su hija, pero no la reconocía ya adulta, para mi abuela seguía siendo una niña.

—La pérdida de memoria solo me duró un día y ya llevo tres noches en el hospital. ¡Vaya desproporción! —No puede ocultar su cara de fastidio.

—Tienen que asegurarse de que no volverá a pasar.

—Pues claro que volverá a pasar, estoy vieja, ¿qué esperan de mí?

—Ay, abuela.

—Ay, Edgarín.

6.

ESTOY SENTADO EN EL CAFÉ intentando leer un libro de poemas, aunque la poesía nunca ha sido mi género favorito. Es solo que uno se ve más interesante, más atractivo, leyendo a Emily Dickinson en una edición de cien páginas que se puede sostener con una sola mano mientras te recargas despreocupado en el sillón. Las novelas gordas que tengo que leer encorvado sobre una mesa prefiero dejarlas para la intimidad del hogar.

Frente a mí hay un hombre joven que me mira mucho, no me parece particularmente atractivo, pero le sostengo la mirada de vez en cuando. Me gusta sentir la tensión entre los dos que casi hace desaparecer a quienes están alrededor. Estas últimas horas las he pasado entre el hospital y diferentes cafeterías en las que trabajo un largo rato y leo por poco tiempo. Podría ir a la oficina, pero no quiero que mi jefe sepa que estoy acá, no pienso darle excusas para retirarme los beneficios del *home office*. Tengo que regresar con mi abuela, pero antes arranco la última página del poemario y escribo en él mi número. «Por si lo necesitas». Le paso el papel y me voy antes de que pueda decirme algo. Disfruto ver su cara de confusión cuando salgo del lugar.

7.

CONDUZCO EL COCHE QUE DEJÉ cuando abandoné la ciudad, nunca lo vendí porque pensé que algún día podría ser útil. En la capital nunca hay lugar para estacionarse, por eso prefiero usar la moto. Cuando llego al cuarto del hospital me encuentro con mi abuela sentada al borde de la cama, llenando un crucigrama. Hay música que sale de la bocina inteligente que le traje ayer para que pudiera entretenerse, solo que olvidé enseñarle a controlar el volumen y se escucha tan bajito que no creo que ella pueda escucharla.

—Ven, ayúdame a terminar esto —dice al verme en la puerta.

—No hay manera, soy un inútil. Nunca he podido terminar uno.

—Con esa actitud no me sorprende para nada.

Cuando me siento a su lado veo que tiene una edición de un periódico viejo ya muy desgastada, el crucigrama está en inglés y mi abuela solo habla español. Me preocupa que esté perdiendo la cabeza, que confunda los idiomas o las letras se le muevan y reacomoden sin sentido.

—A ver, abuela, léeme lo que dice para ayudarte.

—¿Yo cómo voy a saber lo que dice? Está en inglés, no te estaría pidiendo ayuda si estuviera en español.

—Me asustaste, pensé que te estabas volviendo loca. —Reí de alivio.

—Los locos son tu mamá y tú. Les digo que estoy bien y aquí me tienen. Si se quieren deshacer de mí, tan fácil que es mandarme al asilo, ahí por lo menos tienen crucigramas en español y mejor comida. Todavía tengo dientes. ¿Qué es esto de darme comida hecha puré?

—Cuando te den de alta prometo llevarte a comer carne asada.

—No me lleves a ningún lado, esa la podemos hacer en el asador que tenemos en la terraza. No sé qué esperan para darme de alta, uno de estos días me les voy a escapar, pero no regresaré a la casa, me iré a la playa y a ver cómo le hacen para encontrarme.

—Mi mamá y yo estaremos locos, pero tú eres una necia.

—¿De dónde crees que lo sacaste?

Le traduzco una de las frases y comienza a bombardearme con palabras en español que después tengo que traducir al inglés para tratar de encontrarle un lugar en los pequeños recuadros. Inglés-español, español-inglés. Avanzamos rápido, mi abuela es una experta en soltar palabras hasta encontrar la adecuada. Yo, en cambio, nunca atino a decir lo correcto: soy imprudente, inoportuno y a veces hasta incoherente. Terminamos el crucigrama, se ve tan bonito que me gustaría enmarcarlo. Brincamos entre idiomas y aun así nos entendimos.

—Escúchame —dice y yo pienso en el poder que tiene esa palabra, es como encender un reflector. Una luz que concentra la atención en una persona y en las frases que saldrán de su boca—. Ya no quiero que me visites todos los días a todas horas como si fueras un buitre. No moriré pronto y no tienes que ganarte mi herencia, ya estás en mi testamento.

—¿Me estás diciendo que dejé Ciudad de México para nada?

—Te estoy diciendo que no necesito que me vigiles.

—Hoy dormiré aquí, mañana te daré más espacio. Promesa.

Siento un nudo en el estómago y unas ganas inmensas de llorar que logro contener. Las lágrimas siempre me llegan así, con unas ganas inmensas de salir. Quizá nadie me ame más que mi abuela. No puedo medir el amor, pero si pudiera podría verificar que mi papá y mi mamá no me aman tanto como mi abuela y, aun así, ahora mismo, siento que no me ama. Que no me ama lo suficiente para dejar su orgullo, para pedirme que me quede, que le haga compañía.

Voy por otro café, es la única droga que disfruto, incluso llevo varios meses sin tomar alcohol. Tenía que refugiarme en algo y la taquicardia que me hace sentir vivo fue la mejor opción que encontré. Tuve que salir del hospital y caminar un par de calles para encontrar uno decente, el café de los hospitales solo está ahí para mantenerte despierto, no para disfrutarlo. Mientras esperaba que los dos americanos estuvieran listos, encontré un «Hola» en mis notificaciones, venía de un número desconocido. Al abrir el mensaje me encontré con que la foto de perfil mostraba al chico de la cafetería, pero no estaba solo: él y una chica besándose con la puesta de sol de fondo. Me dio asco lo cursi de la escena y lo patético de aquel hombre. Borré el mensaje y bloqueé el número celular. Yo también me sentí patético por buscar enamorarme.

Al cruzar el par de puertas automáticas del hospital me encuentro con mi mamá, está hablando con una chica que reconozco al instante. Una parte de mí se siente culpable por no haberle escrito en cuanto aterricé en esta ciudad, pero no tenía cabeza para nada. Solo quería acomodarme en casa de la abuela, visitarla, y bueno… compartir mi número con uno o dos extraños, al parecer.

«¡Samanta!», grité con voz baja. Me gusta ese término que es contrario y casi imposible. Es como decir que me calle un poquito o que tengo envidia de la buena. Se veía tan guapa, su cabello ahora era más claro y la piel le brillaba, no podía creer lo mucho que había cambiado en solo unos meses. Le ofrecí el café que originalmente era para mi abuela, aunque en realidad no toma cafeína, pero que le compré porque no quería regresar a su cuarto con las manos vacías. Mientras caminamos en busca de un sillón me cuenta de su vida. No nos tomamos el tiempo para tener conversaciones triviales y cumplir con las preguntas obligatorias, me habla directamente de las últimas semanas que pasó en Argentina tomando un diplomado de repostería y de cómo conoció a un chico y que no, no es argentino, pero sí uruguayo. A mí siempre me ha gustado la palabra uruguayo o uruguaya o simplemente Uruguay. También está la palabra Paraguay y sus gentilicios, pero en mi cabeza siempre se cruzan los acentos, el *pará* me suena argentino y el *guay* muy español. En fin, el chico es uruguayo y por el momento vive en Buenos Aires, aunque en una semana se mudará a Monterrey porque es artista y puede trabajar donde sea. Yo le digo a Samanta que Monterrey no es una ciudad para artistas. Ella me dice que él es escritor, y yo le explico que Monterrey no es una ciudad para escritores. Me dice que no sea odioso, que de todas formas se mudará a Monterrey porque están muy enamorados. Fue amor a primera vista, cuando se conocieron él la miró directamente a los ojos y ella a su sonrisa, porque Samanta siempre baja un poco la mirada, además los ojos de él le quedaban muy arriba. Ah, y que mide 1.88, pero con zapatos supera el 1.90, que no es bueno en la repostería, pero que entró al curso porque sus padres tienen un pequeño restaurante al que le hace falta un menú de postres. A mí me sorprende lo mucho que pude conocer de Matías sin siquiera hacer una pregunta sobre él.

Me habla también de lo bonito que es Buenos Aires y de lo mucho que aprendió en esa ciudad, de sus planes para abrir un nuevo restaurante en el centro de San Pedro que administrará con ayuda del uruguayo. Me preocupa que su relación esté avanzando demasiado rápido y pueda terminar por herirla; sin embargo, no soy nadie para darle consejos y mucho menos para controlar su vida. Me extraña su nueva afición porque nunca le gustó cocinar, igual no me sorprende porque sabe en qué lugar encontrar la mejor comida.

Samanta no hace preguntas sobre Santiago, al parecer su nuevo romance lo ha borrado del mapa.

—Deberías venir al departamento, le estoy organizando una cena de bienvenida para que conozca a mis amigos y no se sienta tan solo.

—¿Y qué amigos tienes?

—Pues más de los que tienes tú, que cada que vienes a Monterrey solo buscas a los dos de siempre. Esa cena también te ayudará. Necesitamos buscarte excusas para que vengas de visita más seguido.

Mi primer instinto es defenderme, hablar de las otras amistades que tengo en esta ciudad, decirle a qué se dedican y cómo se llaman, pero no logro rescatar ningún nombre. Los amigos que tenía en la universidad no resistieron a la falta de rutina, éramos porque estábamos y ahora que no estamos, no somos más que viejos conocidos. No podría escribirle a alguno de ellos para reunirnos sin sentir un poco de incomodidad, es casi como volver a formar una relación de cero. A mis compañeros del trabajo nunca los he conocido en persona. Trabajar a distancia y no tener horarios nos hace no interactuar más allá de lo necesario. Si alguien me hubiera explicado lo difícil que es conservar a los amigos y formar nuevas relaciones también habría empezado un diario, en él podría haber anotado los nombres de las personas con las que me crucé, escribiría en columnas los datos importantes: los gustos, los miedos, los cumpleaños. Los usaría para formar un mapa que volviera sencillos los reencuentros.

Mi amiga me acompaña al cuarto de mi abuela para saludarla, pero la encontramos dormida, creo que eso es lo que más ha hecho estos últimos días, quizá por el cansancio o por el aburrimiento.

8.

Puedo verlo, no respira. Sé que está muerto. En su cuello hay manchas rosas, rojas, moradas, tan oscuras que en algunas partes se ven negras.

Yo vì hace mucho un documental que hablaba de los multiversos.

9.

SAMANTA VIVE EN UN DEPARTAMENTO enorme que compró con una pequeña parte de la herencia que le dejó su tío, un señor muy agradable que nunca se casó ni tuvo hijos. Sam siempre sospechó que era gay y yo creo que simplemente nunca quiso seguir el nacer, crecer, reproducirse y morir. Siempre decía que él quería disfrutar de la vida sin cargar con nada, y la vida le duró muy poco. Yo sí me quiero casar y tener hijos, quiero disfrutar de la vida cargando con todo. Me parece que uno crece, se hace más grande, cuando tiene que sostener todo con sus brazos.

Toco el timbre y un hombre alto abre la puerta, es fácil adivinar que es Matías, el uruguayo. Me presento y al escuchar mi nombre muestra entusiasmo genuino, me da un beso en la mejilla y me agarra de ambos hombros con fuerza para detenerme y verme de abajo hacia arriba: me mira los tenis, las piernas, el torso, los labios, la nariz y descansa un poco la mirada en mis ojos... ¿qué es esto que estoy sintiendo? ¿será cariño? Hay cierta calidez en su trato, me parece que no le será difícil formar nuevas amistades en esta ciudad.

Al llegar a la sala me encuentro con un puñado de personas que no reconozco y que me presentan una a una. Yo que siempre he sido malo para recordar nombres tengo que hacer repeticiones en mi mente. Julieta, Julieta, Julieta. Manuel, Manuel, Manuel. Eduardo, Eduardo, Eduardo. Alejandra, Alejandra, Alejandra. Pablo, Pablo, Pablo. Los nombres Matías y Samanta ya los tenía grabados en la memoria. Tardo unos minutos en colocar a las personas en cajitas que me ayudarán a interactuar con ellas o evitarlas en el futuro si eso es necesario. Julieta tiene los brazos tapizados de pequeños tatuajes que le dan un aspecto libertario que choca con mi concepto de una Julieta, que debe ser una mujer dulce y enamorada. Es difícil desarraigar a las Julietas de la Julieta. Manuel lleva una playera de los Rayados que desentona con la ropa de los demás. Cuando veo a alguien con *jersey* deportivo solo puedo imaginar sudor, aunque Manuel huele bastante bien, usa una loción muy fresca que me transporta a una mañana de domingo o de sábado o un día cualquiera en el que no hay que trabajar. Eduardo usa lentes oscuros, aunque es de noche y estamos dentro del departamento. Alejandra fuma un vaporizador que suelta un ligero aroma a vainilla, se ve muy guapa cuando exhala el vapor. Siempre me han parecido atractivas las personas que fuman, pero odio el olor a tabaco. Pablo está sentado en el piso aun cuando hay espacio en el sillón, ese gesto, que me parece tan simple, me brinda una calidez inmediata. Basta con verlo ahí para sentir que estoy en un lugar seguro. Se ve extraño con su camisa celeste arremangada y su pantalón de vestir negro en el piso de mármol blanco, es una imagen que bien podría encontrar en alguna revista. Y juro que tiene unos ojos claros que he visto en algún otro lado.

Me parece divertido ver cómo todos los hombres tienen una cerveza en mano y las mujeres cargan con una copa de gin en la que flotan algunos trozos de frutos rojos. Uno no puede intentar integrarse a un grupo nuevo de personas sin ser un espejo de ellos, pues todos rechazamos lo diferente. Aunque llevaba varios meses sin tomar alcohol, acepté la cerveza que me ofrecieron, no tiene carbohidratos y tiene menos de cien calorías, así que podré tomar unas cuantas sin sentir que mi cuerpo se expande y se hincha. Recuerdo cuando no tenía que preocuparme por eso, cuando alguien me quería y me deseaba solo por ser yo. Cuando no me miraban el abdomen o los bíceps o las malditas pantorrillas que no me crecen sin importar lo que haga. Cuando me veían completo, no por partes. Ahora solo puedo imaginar cómo me vería si me siguieran amando.

—Pero fumar marihuana ya no es drogarse, a ver, lo es en definición, pero nadie dice que alguien se está drogando cuando bebe café. Ya nadie se droga con marihuana, ahora solamente se fuma.

Me distraje tanto al tratar de analizarlos que no me percaté cuando la conversación llegó a esto.

—Entonces dejó de ser divertido, ¿no? Cada vez se vuelve legal en más lugares, ya no es ni revolucionario ni disruptivo y ahí estaba el deleite —dijo la chica de los tatuajes en los brazos.

Intento recordar los nombres de las personas que hablan. Las repeticiones no me funcionaron. Quizá deberíamos llamarnos así, por nuestras características visibles, al menos las primeras veces que nos encontramos con alguien. En esta sala Matías sería el alto, Samanta la de las pestañas largas, seguramente yo sería el del cabello corto casi calvo.

—¿Alguna vez fue revolucionario o disruptivo? Es marihuana, por Dios —siguió el hombre que huele a día de descanso. Decidí que «el que tiene la playera de Rayados» no es un gran nombre.

—Por lo menos era ilegal y eso ya es ganancia —dijo la chica del vaporizador con aroma a vainilla—. ¿Será por eso que fuma en esa maquinilla, porque es ilegal?

—¿Qué se tiene que meter uno para ser divertido ahora? —Mi duda es genuina, no tomo alcohol y solo probé la marihuana una vez, en una galleta, no fumada porque, aunque ese olor no me desagrada, no soporto la idea de retener humo en mi garganta. Las drogas no son mi fuerte.

—Solo no me hablen de heroína, a esa mierda sí le tengo miedo —dijo Matías y alguien más dijo que un poco de MDMA podría ser divertido. Pregunté qué era el MDMA y me dijeron que *molly*. Pregunté que qué era y me dijeron que éxtasis. No sé qué sustancia es esa. Por lo menos entiendo la definición de éxtasis: estado placentero de exaltación emocional. Me gustaría sentir eso.

—Es un polvito; sabe horrible si te lo llevas directo a la boca, puedes mezclarlo con agua para que no la pases tan mal. Yo solo lo probé una vez, así que no sé si eso se siente siempre, pero lo que yo experimenté fue *amor*. Así, a secas. Cuando tocas el pasto pareciera que te abraza y cuando abrazas a alguien se siente como si se fusionaran. Y tienes mucha energía, ganas de correr y bailar y cantar, y da miedo porque es una de esas drogas que te muestran que vivir es bonito, aunque al día siguiente tu cuerpo tiene una resaca como la del alcohol, pero con más tristeza —dijo el chico de los ojos que me parecen familiares.

—¿La droga del amor? —pregunto en voz baja y pienso que quizá sí me gustaría probarla.

—No, esa es el *popper.* —El de los lentes oscuros se ríe de su propio comentario y tiene una risa tan contagiosa que los demás ríen también.

—No, el *popper* es la droga del sexo —corrigió la de los tatuajes.

Me gustaría que el sexo y el amor fueran indivisibles, me ahorraría muchos problemas. Y muchas diversiones. Alguien dice que quizá podrían probar el éxtasis este fin de semana en las cabañas. Busco a Samanta con la mirada como niño que necesita de su madre. Leo sus labios que enfatizan las palabras «estás invitado». Me tranquiliza saber que no tendré que estar encerrado en casa de mi abuela debatiendo entre ir a visitarla y darle el espacio que me pidió.

El de los ojos familiares, ¿Pablo?, me quita el envase vacío de las manos, me pone una cerveza recién abierta y abre otra para él, choca su botella contra la mía y me guiña el ojo. Y yo que no quería perderme ni un segundo de él. Creí estar cerca de descifrar la familiaridad, pero después de cerrarme el ojo se sienta de nuevo en el piso y sus ojos están tan lejos que ya no puedo examinarlos, no sin parecer un acosador.

Antes de salir de casa subí una foto que me tomé frente al espejo luego de ducharme y eso ha provocado que al revisar mi celular me encuentre con docenas de mensajes de hombres y mujeres. La mayoría de ellos son simples emojis que nunca sé interpretar o responder. Hay un mensaje ahí que, aunque no supiera interpretar sí sabría responder: una notificación de Santiago. Abro el mensaje y lo que hay es una foto de él con Valentina y… ¿su esposo? «Resulta que sí querían un trío», dice otro de los mensajes. Sé que está bromeando y la situación me parece tan absurda que no puedo contener la risa. Santiago con su primer amor y Valentina con su amor verdadero. Escucho unos pasos detrás de mí y no advierto que es Samanta hasta que es muy tarde y ya ha visto la foto de su ex mejor amigo y exnovio. Nunca dejé de sentirme desleal. Lo siento cuando salgo con Santiago y también cuando veo a Samanta, lo siento a pesar de ellos. Sé que me entienden y jamás me han tachado de traidor, pero no los necesito para torturarme a mí mismo por las relaciones que poco tienen que ver conmigo. Mi amiga solo sonríe y se gira para ver al uruguayo, eso es todo lo que necesito para entender lo que me quiere decir.

10.

Estoy soñando, lo sé porque sé lo que pasará después. No lo sé, lo recuerdo. Este museo es grande y lleno de luz, me gustaría que fuera más oscuro, que las personas se sintieran libres de llorar al ver una pintura o que pudieran cruzar las salas sin tener que fingir interés por ellas. Detenernos solo cuando queramos detenernos. Cuartos oscuros en los que la única luz estuviera sobre las obras de arte y todos se pudieran tomar de la mano frente a las pinturas. Que estuviera lleno de música y no del rechinar de los zapatos contra la duela. «¿Cuál es tu pintura favorita? A mí me encanta Ofelia*, la pude ver una vez en el Tate Britain ¿ves cómo todos dicen que les decepcionó la Estatua de la Libertad o la Torre Eiffel o* La Mona Lisa*? Pues esta no decepciona». Me parece encantador que empiece su monólogo con una pregunta, como diciendo «me interesa lo que me tienes que decir, pero me gustaría decir algo primero» o «ten esta pregunta, mientras llegas a la respuesta llenaré los silencios». Me tomo unos segundos para pensar y le digo que me encanta* La noche estrellada *de Van Gogh, no porque realmente sea mi cuadro favorito sino porque sé que lo verá muchas veces en series o películas o en las redes sociales de sus amigos cuando visiten Nueva York o lo* *leerá en libros o le vendrá a la mente cuando escuche «Van Gogh, oreja, girasol, depresión» o cuando vea ese azul que tanto se repite en el arte. Le digo que mi pintura favorita es* La noche estrellada *porque sé que está por irse, que me ha dejado de querer o de querer intentarlo conmigo y me pregunto si es cansado quererme y por qué se está dando por vencido tan rápido. Lo verá tantas veces que será difícil que se olvide de nosotros. Estoy imponiendo mi recuerdo en su futuro, un recuerdo que no es real. Mi pintura favorita siempre será la que Jorge me regaló una semana antes de suicidarse. Él la pintó. Sus manos pudieron sostener el pincel y también la cuerda y en ambas ocasiones me hizo llorar.*

Todo se ha detenido a mi alrededor, ¿puedo salir de aquí si lo deseo? Despierta, despierta... no puedo. Las personas vuelven a moverse, las pinturas no.

11.

NUNCA HE SIDO BUENO para hacer una maleta. Guardo más ropa de la que debería y cuando me decido a viajar ligero invariablemente termino repitiendo pantalones, playeras o en el peor de los casos hasta la ropa interior. Una vez olvidé llevar calcetines a un viaje de una semana y me negué a comprar otros porque hacerlo era admitir que no sé preparar mi propio equipaje. Es solo que me abruman las posibilidades, creo que incluso si viajara a una playa nudista me sería difícil elegir la poca ropa que llevaría.

Samanta pasa por mí en su camioneta, no fue necesario que llevara mi coche o que nos dividiéramos en grupos porque tuvimos desertores, personas que tenían o fingieron otros compromisos que casualmente surgieron después de descubrir que no habría buen internet en la cabaña porque está en la montaña. Será un fin de semana solo para Sam, Matías, Pablo, la chica de los tatuajes, que ahora sé —porque Samanta me lo recordó— que se llama Julieta, y yo que, por cierto, soy la última persona por la que pasaron. Después de hacerle lugar a mi pequeña maleta en la cajuela salimos directo a la carretera.

El camino es lindo, nos flanquean montañas y por tramos podemos apreciar partes de la ciudad desde las alturas. Pablo dice que la ciudad se ve enorme desde acá arriba, yo creo que más bien se ve muy pequeña. Los trayectos que haría en veinte minutos allá abajo, puedo recorrerlos en un segundo con la mirada desde aquí. Logro abarcarlo todo; si tuviera unos binoculares potentes o quizá un telescopio podría ver a mi maestra de la primaria y a mis compañeros de la universidad con solo moverme unos milímetros. Luego pienso que, a pesar de que pueda verlos a todos desde las montañas, es imposible tocarlos, tendría que tener unos brazos horribles y larguísimos.

La cabaña es más grande que cualquier otra que haya visto, tiene seis pequeñas habitaciones y un ventanal que conecta a una terraza con vista al bosque. Huele a madera, tierra mojada y excremento de vacas o caballos, ¿tendrán diferente olor? No lo sé, nunca nadie me enseñó a distinguirlos. Hay un fogón. Matías y Samanta se encargaron de comprar las cosas que comeremos durante el fin de semana, espero que hayan traído lo necesario para preparar s'mores.

«Si nos ayudaras a bajar las cosas de la camioneta te habrías dado cuenta de que sí trajimos s'mores». Me escuchó, creo que estaba pensando en voz alta.

«No trajeron s'mores, Sam. Eso no es algo que se *trae,* es algo que se prepara en la fogata».

«Los venden congelados, tonto».

«No me digas que los compraron congelados, no podría perdonarlos».

El sol comienza a ocultarse. Matías nos prepara cócteles y Pablo cocina la cena en el asador de la terraza. Quizá si Matías fuera argentino y no uruguayo se pelearía con Pablo para ver quién de los dos asaría la carne. Sam, Julieta y yo nos dedicamos a mirar los árboles y beber, una vida más simple, más tranquila. La vida que merezco. Sé que hace frío, pero estamos tan cerca de la fogata que no lo siento. Ya no me permito sentir frío, busco siempre el calor natural o el que otorgan las capas de ropa.

—Miren lo que tengo aquí. —Julieta menea una bolsa pequeña con algunas cápsulas.

—¡Amor en polvo! —grita Pablo desde el otro lado de la terraza con los brazos hacia el cielo, como si acabara de recibir la mejor noticia del mundo, y yo también celebro elevando las manos mientras repito «amor en polvo» y otros «amor en polvo» se escuchan al unísono saliendo de la boca de Matías y Samanta.

Nos pone una cápsula en la palma de la mano que después nos pasamos con un trago de las margaritas que nos preparó Matías. Cuando termina con nosotros le siguen quedando unas cuantas cápsulas en la bolsita. «No sabía que solo seríamos nosotros. Igual, es mejor que nos sobren». Pero no sobraron. Cenamos riquísimo, jamás había probado una carne tan buena y pienso que, si los regiomontanos tenemos la fama de ser buenos asando, yo debo ser un impostor y claro que Pablo es un buen regio.

Regresamos a la fogata, parece que solo a Samanta le ha pegado, porque empieza un discurso que no diría en ninguna otra situación. «Tómense de las manos». Y nos tomamos de las manos, obedientes. «Somos afortunados. Respiren, vean a sus lados, estamos juntos, rodeados de un aire diferente. Tenemos comida y bebida de sobra, un chef y un bartender espectaculares. Nos reencontramos con viejos amigos y seguimos conectando con los que siempre estamos. Hay que agradecer estar juntos y recordemos a los que ya no nos acompañan físicamente, pero que siempre están con nosotros, de una manera distinta, aunque casi igual. Mis abuelos que siempre me muestran el camino cuando estoy perdida. Tu papá, Julieta, que te enseñó a ser la mujer más valiente que he conocido. Tu hermana, mi amor, me hubiera encantado conocerla. Jorge, que nos enseñó muchísimo del amor y nos mostró lo fuertes que podemos llegar a ser». Se me apretuja el corazón al darme cuenta de que Samanta también piensa en Jorge. «Somos afortunados, podemos sentir el viento fresco y podemos gritar». Me mira y sonríe. «Y podemos aullarle a la luna». Sé lo que quiere que haga y me siento ridículo incluso antes de hacerlo, pero soy el primero en aullar como si fuera un hombre lobo, Samanta también aúlla y aunque los otros se ven desconcertados, terminan por unírsenos. No paramos de reír, la escena es absurda pero liberadora. Tengo lágrimas en los ojos de tanto reír.

«Sé que dadas las circunstancias podría parecer que estoy drogado… pero siento que no me ha hecho efecto». Veo gestos en los demás que me dicen que están de acuerdo conmigo. Matías toma las tres cápsulas que debían sobrar y las abre para juntar el polvo dentro de la bolsita. Pablo le da un beso a su índice y con la saliva que se acumuló en el dedo puede recoger un poco del éxtasis para llevárselo a la boca. Matías, Julieta y yo hacemos lo mismo. Sabe horrible, es un sabor que conozco, el mismo que probé cuando era niño y las baterías de mi *Game Boy* se agotaron. Tenía que morderlas para tener unos minutos más de juego. Es como chupar baterías viejas. Samanta quería imitarnos, pero la detuvimos a tiempo. Ella no necesita otra dosis. Quizás nosotros tampoco, tal vez solo teníamos que esperar, pero ya habíamos esperado lo suficiente. Nos servimos *shots* de tequila y brindamos.

¿Cuánto tiempo ha pasado? Julieta me platica todo sobre ella: sus relaciones amorosas, la relación con sus papás, su relación con las drogas y con su cuerpo. Disfruto escucharla, es como si no pudiera parar de hablar por más que quisiera. Me gusta que me haya elegido para desahogarse, es su monólogo lo que me demuestra que existo. Siento que han pasado solo un par de minutos desde que tomamos la segunda vuelta, pero he escuchado toda la vida de Julieta, una vida no puede caber en unos cuantos minutos. ¿Cuánto tiempo ha pasado?

Tengo sed. Mucha sed. Se hace un ruido raro cuando despego los labios, aprovecho los silencios que hace Julieta para hacer mis ruidos. ¿El silencio se hace? Pablo nos acerca una bandeja. Hay uvas, fresas y frambuesas, frutas que no se tienen que cortar para comer. Dice que debemos mantenernos hidratados. Nos entrega una botella de agua a cada uno. Siempre me han parecido tiernos los cuidados, y en este momento Pablo es todo ternura. Bebo toda el agua, pero sigo teniendo sed. No, no es sed lo que siento. Quiero retener la humedad. No puedo. Lo que siento es más bien una falta y una frustración. Me pongo de pie y camino hacia la fuente que parece que alguien colocó mientras estaba distraído porque no la había visto antes. Sumerjo mi cabeza en el agua y abro la boca para que el líquido pueda permanecer en mí.

¿Cuánto tiempo ha pasado? Busco mi celular, lo había abandonado en algún rincón de la casa, quería desconexión total. Miro el reloj... la pantalla del celular, ahora ambos objetos son indivisibles. Son las 21:08, solo ha pasado una hora desde la segunda dosis. No lo puedo creer, me río.

Julieta me encuentra y me cuenta más cosas de ella y de sus padres porque su propia vida ya no basta. Tiene que echar mano de todo lo que la rodea y la moldea y la marca lo suficiente como para sentir la necesidad de hablarlo.

Matías y Samanta bailan. Se mueven. Intentan algo.

Veo a Pablo y me imagino a un pingüino que alguna vez vi en un dibujo animado. Río. Miro a Julieta, no quiero que piense que me burlo de ella, pero parece que no se ha dado cuenta, no ha dejado de hablar.

Mi boca sigue seca. Si pudiera besar en estos momentos sería como lijar otros labios. Habría resistencia.

El fuego sigue potente en la fogata, aunque no la hemos alimentado con más troncos, parece eterno. Me gustaría tirarme aquí, cubrirme con una cobija y dormir... No tengo sueño, mi corazón bombea como lo hace cuando corro en el gimnasio.

Hago contacto visual con Samanta. Creo que entiende que la necesito y se nos acerca, nos pregunta que de qué tanto hablamos y Julieta le comienza a narrar su historia. La cuenta como lo hizo conmigo, con los mismos detalles, casi como si lo estuviera leyendo de un libro. Me pongo de pie de un brinco y salto unas cuantas veces más, siento tanta energía en mi cuerpo, que creo que nunca se acabará. Pienso en los tiburones que nunca dejan de nadar, pasan toda su vida nadando porque si se detienen pierden la vida. Y qué si me convierto en un tiburón y tengo tanto vigor que no puedo permitirme quedarme quieto… con lo mucho que disfruto dormir.

Ya duró mucho esta noche. No quiero ver el reloj porque quizá me muestre que no han pasado las horas. No podría soportarlo. Quiero estar cansado, meterme bajo las sábanas y cerrar los ojos.

No veo a Matías, se le veía tranquilo, sospecho que él sí podrá dormir. Samanta y Julieta siguen platicando y Pablo fuma mirando a los árboles. Tengo antojo de un cigarro, me asombra mi deseo repentino. Sé que una calada me bastará para arrepentirme, pero quiero fumar, así que me acerco para que me comparta de su vicio.

—¿Me das uno?

—Los que quieras. —Me acerca la cajetilla—. Solo que no tengo encendedor, yo los estoy prendiendo en la estufa, pero tú tienes suerte. —Me pasa su cigarro para que encienda el mío.

—No puedo, nunca fumo. —Pensé que eso explicaría mi falta de habilidad para hacer algo tan sencillo como prenderle fuego a un montón de tabaco.

—Tu suerte no termina. —Se lleva mi cigarro a sus labios que se veían más rojos que de costumbre, seguro por el frío, y lo encendió—. Aquí tienes.

Me lo pasa y nuestros dedos se tocan. Hay algo revelador en el contacto físico que sucede como por accidente; sin embargo, se pudo haber evitado. Pasa lo mismo cuando compartes un sillón con alguien y las piernas se tocan aunque haya espacio para que el contacto no suceda. Se descubre una súplica por lo humano. Nuestra piel siendo rozada por objetos se fatiga, busca los abrazos, los anhela.

Pablo me toca el cabello, mueve su mano desde mi cuello hasta el lugar donde nace mi frente. Lo repite una, dos, tres veces… me pide que yo también lo haga. Pasar mis manos por el cabello corto siempre ha sido una de mis sensaciones favoritas, ahora se siente diferente, más intenso, un cosquilleo que ya no se mantiene en las manos, sino que atraviesa el cuerpo completo. ¿Cómo se sentiría besar? Si Pablo me mirara los labios o me diera otra señal, cualquier muestra de deseo, podría descubrirlo. ¿Mi boca seca molestaría o la humedad de él sería suficiente para los dos?

El cigarro no me asqueó, aunque tampoco lo disfruté. Estaba a punto de pedirle otro para seguir extendiendo nuestra convivencia, pero antes de que pudiera pedírselo me pregunta:

—¿Te preparo algo más para tomar? Yo me haré un gin. —Y le digo que eso suena bien. En realidad preferiría un poco de agua mineral, algo que me quite la resequedad.

Miro a Samanta y Julieta desde la distancia y me alegra ver que ya no hay un monólogo sino una conversación. Estoy lejos de la fogata y el frío me empieza a calar, mas no me quiero acercar, serían como un remolino del que no podré escapar y yo solo quiero estar un poco más con Pablo.

—Sale su bebida, señor. —Me entrega un vaso rojo con mucho hielo y burbujas que saltan a mi cara antes de darle un sorbo.

—Este gin tonic es más agua tónica que ginebra —lo acusé.

—Los dos necesitamos más agua que alcohol.

—Pero ni siquiera es agua, es refresco.

—Pues no deberían de llamarla «agua tónica». Es culpa de ellos.

Termino de beber y mi boca sigue seca, no puedo dejar de pensar en eso. La sensación es la misma que cuando pasas saliva de forma consciente y ahora no puedes regresar a hacerlo de manera automática, sientes que estás condenado a mover los músculos de tu garganta cada vez que la saliva se acumule en tu boca.

—Tenemos que correr por el bosque. —Se apresura a quitarme el vaso de la mano.

—Estás loco, es peligroso. ¿Sabes que en este lugar hay osos y serpientes?

—Pues claro, es un bosque. También hay conejos y ardillas. Quién sabe, quizá el bosque esté encantado y también podremos encontrar duendes o quizá una torre enorme con una princesa de cabello largo, capturada en la cima.

Me río de los nervios, creo que puede estar perdiendo la cabeza por las drogas. Se dirige a Samanta y Julieta para convencerlas de correr con nosotros, no le cuesta mucho trabajo. Están dispuestas y emocionadas, la Samanta que conocía no haría estas cosas... creo que me cae mejor la nueva, aunque ahora mismo muero de miedo. Ojalá Matías estuviera aquí. Seguro él podría ser la voz de la razón. Dos contra tres sería una batalla más justa, pero estoy solo, así que tengo que ceder. Corremos como locos por un sendero durante diez minutos hasta que llegamos a un espacio abierto en donde todo lo que hay es una banca de madera y una lámpara que la ilumina, nos sentamos ahí para recuperar el aliento. No nos encontramos con ningún animal grande ni alguna criatura mágica. No hablamos, estamos muy agotados como para conversar. Solo respiramos. Creo que mis pulmones nunca se habían llenado de tanto aire como aquí arriba. No sé si tengo energía para bajar corriendo a la cabaña, ahora sí podría dormir.

12.

CUANDO DESPIERTO ME ENCUENTRO con una nota de voz de la abuela —como siempre, odia escribir en el celular: tarda mucho— en la que me presume orgullosa que ha encontrado una revista con crucigramas en español y que hoy es su último día en el hospital. Siento cierto alivio, no felicidad. Sé que un día recibiré la noticia: todos mueren. Pero ahora lo siento más real. Uno siempre sabe que está envejeciendo, pero no es hasta la primera cana o arruga que esto se vuelve real, tangible. Con la muerte sucede lo mismo.

Me gustaría seguir en cama, pero siento muchísima sed. Tengo un ligero dolor en la garganta y los labios secos. Seguramente estoy deshidratado. Por las ventanas de la cocina entra todo el sol. Me encuentro con Matías, que está preparando el ¿desayuno? Aunque ya pasa del mediodía me niego a usar la palabra *brunch*.

—Ayer dormiste temprano —le digo como acusándolo.

—Alguien tenía que ser el adulto responsable. —Me guiña mientras me pasa una taza de café y un plato con hot cakes.

—No sé si deba tomar café, terminaré más deshidratado.

—Tómatelo, te hará bien. Ahora te paso un suero, vinimos preparados para esto.

Me contó que tuvo un sueño loquísimo en el que todos éramos una manada de lobos que hablaban, cazaban, se ponían en dos patas y, con las otras dos, agarraban botellas y bebían. No me extraña después de la escena de anoche.

—¿Qué bebíamos? —le pregunto.

—Sangre —responde.

—¿Será que después de la sangre también les daban sueros?

—Claro, estaban preparados para eso.

Matías sale a la terraza, se sienta frente al fogón, ya frío; lleva consigo su café y un libro. No alcanzo a leer el título. Me termino el desayuno en silencio. Lo agradezco, al hablar me lastimo más la garganta. Es una tortura cuando esto pasa, dejar de hablar es casi como desaparecer. Me sucede los domingos cuando paso todo el día sin ver a nadie, sin interacciones sociales, y al caer la noche me percato de que no he dicho ni una sola palabra y cuestiono mi existencia, me pregunto si de verdad existo, como si solo mi voz me diera vida.

—Me siento fatal. —Samanta se sienta a mi lado y se tira sobre la mesa—. ¿Cómo es que no te ves tan destrozado?

—¿Era necesario el *tan*?

—Muy fresco tampoco estás. Quiero pasarme todo el día acostada en algún rinconcito, dormir hasta mañana… o ya no despertar.

—Suena bien, te podría hacer compañía.

—Que nos hagan cenizas y nos esparzan aquí en la montaña.

—Yo prefiero que me entierren, me gusta abarcar más espacio.

—Eso no es muy ecológico de tu parte.

—Estar vivo tampoco lo es.

Tomamos más mantas y almohadas de las necesarias y nos acostamos en el mismo sillón, tan cerca que puedo sentir su aliento en mi cuello. Hay un silencio que parece irreal, de ese que se siente y causa ansiedad. Pablo y Julieta deben seguir dormidos, y Matías lee muy quieto, pero ¿y los pájaros? Ayer hacían ruido y hoy no se escuchan. ¿Se habrán ido a la cascada que se encuentra cerca a beber agua o tomar un baño? ¿Todos al mismo tiempo?

Nunca me había tirado en un sillón tan cómodo como este. Mi cuerpo se hunde entre las plumas de los cojines, es casi como estar flotando. Las palabras «hundirse» y «flotar» suenan tan contradictorias y aun así es lo que siento… siempre quise una cama de agua, flotar en ella… ¿fueron reales o solo un invento de las películas que veía de niño? Quizá debería pararme por un vaso de agua antes de tomar la siesta. Recuerdo que una vez llovió tanto que el agua se metió a mi casa. Tenía mucho miedo. Mi bisabuela puso sus piernas sobre una maleta para no mojarse y mi abuela apuntaba al cielo con un cuchillo… Tengo las piernas adoloridas… Ayer corrimos como dementes, fue divertido, creo que lo recordaré por siempre…

Puedo sentir el peso de todo mi cuerpo sobre la pierna derecha, la izquierda, la derecha, la izquierda. Y un dolor en algún lugar que bien puede ser el estómago o los pulmones.

—Corre, corre, que te voy a alcanzar.

Su voz no es suya, es la de alguien más. Su rostro se parece al suyo, pero es alguien más. Aun así, lo reconozco.

—Y si te alcanzo, ¿qué pasará?

No puedo seguir corriendo, me falta aire y me arde medio cuerpo. ¿Qué pasará si me alcanza? Para empezar, ¿por qué estoy huyendo? Bajo poco a poco la velocidad, me sería imposible frenar de golpe. No quiero voltear hacia atrás, pero puedo escuchar cómo se acerca a mí. Él también deja de correr y empieza a caminar. Mete sus manos por debajo de mis axilas y me abraza desde atrás colocando sus manos en mi pecho, me avergüenza que pueda sentir lo agitado que está mi corazón. Me dejo abrazar, su cuerpo frío me refresca hasta que dejo de sudar.

—Nada pasará, lo que tenía que pasar, ya pasó. —Su voz vuelve a ser la de Jorge.

Puedo sentir la humedad de mi saliva en la almohada. Me encanta cuando eso pasa, me da la sensación de que dormí mejor y más profundo. Las piernas me siguen doliendo, pero ¡puedo salivar! Nunca creí que me pudiera alegrar algo tan humano y... ¿sucio? como eso, pero ya no tengo la boca seca.

Samanta despierta al mismo tiempo que yo... bueno, más bien, despierta con mis primeros movimientos después de la siesta. Me toca la cabeza como saludo y despedida para luego ir a la cocina a buscar algo de comer. Pablo está sentado en el sofá frente a mí, tiene un libro en la mano, una novela que leí y aborrecí por lo descriptiva que era. Prefiero los libros que van al grano. Todos aquí me parecen unas personas muy peculiares que forman un grupo un tanto peculiar. Yo creía que nadie leía, pero aquí todos leen.

—Tenías razón —le digo.

—Probablemente, ¿sobre qué?

—Es como una resaca, pero más triste.

—Y sí, ayer quedamos en deuda con nuestro cuerpo, solo hay que darle un poco de tiempo para que nos alcance. Mañana estarás un poco menos triste.

Pablo viste una sudadera roja que hace que su piel se vea rojiza, como bronceada o maquillada o simplemente viva, y unos shorts negros que le quedan muy arriba de la rodillas. Sus piernas tienen músculos marcados y poco vello. Estoy convencido: no podría escapar si me sujetara por el torso con ellas. Creo que ni siquiera desearía escapar. Arriba del tobillo tiene una marca rosa, roja y morada: un moretón. Un escalofrío me recorre el cuerpo al verlo.

—¿Qué te pasó? —Señalo su golpe.

—No lo sé, ayer no lo tenía. Pero siempre pasa, suelen aparecerme moretones donde sea. Mi piel es sensible.

—Ah, la mía también— le digo en broma.

—Sí, se te nota.

Me sirvo café en uno de los termos que encontré en la cabaña, quiero caminar, explorar el terreno, aprovechar la luz del sol. Mis audífonos están sobre la mesa y resisto la tentación de tomarlos antes de salir, no recuerdo cuándo fue la última vez que me permití escuchar mis propios pensamientos. Lo hago de manera inconsciente, cuando cocino o voy al gimnasio o tomo una ducha, mi vida tiene música de fondo. Quizá es momento de aprender a convivir con el silencio… o quizá no, ya veremos.

Los caminos están vacíos, no hay personas paseando a pesar de que esta zona debe de estar llena de turistas o gente como nosotros que no sé si calificamos como turistas, cuando solo tuvimos que conducir una hora para llegar. Imagino que aquellos a los que les gusta pasear por el bosque lo hicieron temprano porque existe esa regla no escrita de que las caminatas se hacen en mayor medida por las mañanas y un poco menos por las noches. En las tardes no se camina para pasear, solo para moverse de un lugar a otro sin fines contemplativos. Los pájaros siguen sin hacer ruido, pero sí escucho a los animales terrestres, que mueven hojas a mi alrededor.

Encuentro un espacio entre dos arbustos, la tierra está aplanada, lo que muestra que es un lugar donde la gente se detiene para apreciar la vista o descansar. Me acerco lo suficiente para ver que a unos metros más adelante el terreno acaba y da paso al despeñadero. Me tiro en el suelo para que mis piernas descansen un poco y pienso en el rosa, rojo y morado en la pierna de Pablo, ¿había un poco de azul? La imagen me lleva a mi pesadilla recurrente en la que veo el cuello magullado de Jorge… no pude verlo después de su muerte, pero aun así mi cabeza imagina los colores en su cuello.

Me siento enfermo. Ojalá pudiera dejar de soñar, de imaginar, de recordar.

¿Y qué si se abre la tierra y me caigo? Si esta orilla del mundo se cae al vacío y yo con ella. ¿Y qué si la tierra no se mueve, si solo yo lo hago? Si doy un paso, luego otro y cuando intente seguir avanzando no encuentre más que aire y caiga… ¿qué pasaría? ¿Quién lloraría? ¿Me encontraría a Jorge? Podría señalarlo, acusarlo a gritos y luego abrazarlo. Decirle que no sé quién soy, que no se fue solo, me llevó consigo… no logro encontrarme. Llevo años sin ser yo, y me extraño. Me extraño mucho, creo que me extraño más de lo que lo extraño a él y me siento culpable por pensarlo, pero es verdad y no puedo seguir peleando con la verdad. Doy un paso y me asomo por el vacío. Doy otro más corto. Fijo la mirada en el fondo, son veinte o treinta metros. Google: ¿qué pasa si caigo de treinta metros? No hay internet, no hay respuestas. Solo puedo imaginar.

—Te estaba buscando. — *«Are you there, God? It's me, Édgar»*. —Yo también quería salir a caminar —sigue Pablo.

—Qué bueno que me alcanzaste —digo como para mí—. Todavía nos queda mucho camino para llegar a la cima.

—¿Qué veías? —Señala el vacío.

—Estaba calculando… ¿Cuántos metros crees que hay hasta el fondo? Yo calculo que entre veinte y treinta.

—No, cómo crees, deben ser menos de veinte, quince a lo mucho.

—Ya… creo que me gusta ver todo más grande de lo que realmente es. — Fue una confesión y un poco de insinuación.

—Yo soy más de ver las cosas más pequeñas de lo que son.

—Entonces tal vez sí son veinte metros.

—Puede ser…

Caminamos juntos casi sin hablar, no hay silencios incómodos porque a nuestro alrededor la naturaleza hace el ruido necesario. Nuestros brazos se mueven ligeramente hacia adelante y hacia atrás con cada paso que damos y, aunque soy malo para medir distancias, siento que puedo saber, solo con el roce del viento, cuánto tomaría para que nuestras manos se tocaran. Treinta centímetros. Veintiocho centímetros. Esquiva un hoyo en el camino, quince centímetros. Ojalá todo el camino estuviera lleno de hoyos grandes que acortaran las distancias.

—¿Cómo te sientes?

Quiero decirle que estoy bien, pero no puedo ni abrir la boca. Casi como si mi cuerpo me impidiera mentirle.

—Creo que calculaba cuántos metros había hasta llegar al fondo porque quería caer. No arrojarme sino caerme y herirme un poco. No morir, solo herirme lo suficiente, lo necesario para concentrarme en el dolor físico. Sé que nada de lo que te estoy diciendo tiene sentido y que nos acabamos de conocer y esto no es algo que debería de contarle a un desconocido, pero parece que no puedo parar de hablar. Creo que es porque me da miedo lo que puedas pensar y luego decir, o decir y luego pensar de mí, aunque no puedo hablar por siempre, así que me callaré. Y no tienes que decir nada si no quieres.

Ahora sí que hay silencio. Sé que los ruidos de la naturaleza deben seguir ahí, pero ya no los escucho. Llegamos al final del camino y nos recargamos sobre el barandal de madera para apreciar la vista.

—Sí tiene sentido.

—¿Cómo? —Lo escuché, pero no entendí.

—Es más fácil abrirse con los extraños, aunque debo admitir que me ofende un poco que me consideres un desconocido.

—Pues... solo nos hemos visto un par de veces.

—No dije que no tuvieras razón, solo me ofende.

Y más silencio. O menos ruido. O un silencio que se extiende.

—¿Te ofendes fácil?

—Muy. Aunque no hay de qué preocuparse, ya lo estoy trabajando en terapia.

—No he ido a terapia desde que regresé a casa —le confieso.

—¿Y eso?

—No lo sé.

—Me gusta cuando la gente no sabe cosas.

—¿Por qué?

—No lo sé.

Me sonríe como si hubiera dicho la frase más graciosa del día y solo le correspondo con otra sonrisa. Aunque no quisiera, pero sí quiero.

—¿Qué otras cosas no sabes? —pregunto.

—No sé… nunca he sabido cómo es que los aviones vuelan. Es decir, conozco la teoría, pero no logro entender de qué manera es posible. A veces, cuando llevo una maleta muy pesada me pone nervioso pensar que el avión no podrá soportarla.

—¿Cuánto peso pueden aguantar los aviones?

—No lo sé.

Ahora soy el primero en sonreír. Sus ojos bajan a mi sonrisa y mira mis labios, quizá por menos de un segundo. No lo sé, con eso me basta. Era la señal que estaba esperando desde anoche. Me acerco a él, sin prisa, quiero saborear el momento. Puedo ver en su mirada el instante en el que se percata de lo que está pasando. Resopla. Sonríe. Nos besamos. Me gustaría saber qué pensaría de nosotros un extraterrestre que llega por primera vez a la tierra, viéndonos ahí, unidos por los labios, ¿pensará que somos el mismo animal?

13.

ESCUCHO EL SONIDO que hacen nuestros labios al despegarse. Mi cuerpo se estremece pero culpo al frío, al viento. Se escuchan los ladridos de unos perros. Puedo imaginarlos corriendo entre los árboles, jugando. Mi mente regresa al beso, tuvo una presión inusual. Besar para sujetarnos de alguien.

—Tengo que confesarte algo… bueno, no me parece que cuente como una confesión, pero es mejor dejar las cosas claras.

Mi estómago se vacía, mi abdomen se contrae. Estoy esperando el golpe.

—No soy gay.

—Creo que yo tampoco, a veces alguna mujer me gusta. Pocas veces, soy algo así como… no sé, homoflexible.

—Tampoco soy bisexual. No me gustan los hombres, no así.

Estoy tratando de unir hilos, de entender qué pasó. Si es heterosexual, ¿por qué no se alejó de mí cuando me acerqué para besarlo?

—¿Sientes lástima por mí, por eso correspondiste el beso?

—No, cómo crees. Quería besarte.

—¿Pero yo no te gusto?

—No de esa manera, no.

—Nada tiene sentido.

—No es tan difícil entenderlo, solo no es lo que quieres escuchar.

—¿Te gusta besar hombres, pero no te gustan los hombres?

—Estás equivocado. No me gusta besar hombres, no suelo besar hombres. Te quise besar a ti.

—¿Te escuchas? Pareces un *fuckboy* de clóset. Falta que me digas que no te enamoras de hombres o mujeres sino de personas.

—No, solo me he enamorado de mujeres.

—Entonces, solo te gustan las mujeres, no los hombres. No sueles besar hombres, pero me quisiste besar, aunque no te gusto.

—¿Ves? No era tan difícil entenderlo. El beso estuvo rico, quedémonos con eso.

—No dije que no te hubiera entendido. Definitivamente eres lo peor de dos mundos: un *fuckboy* confundido.

Pero sí fue un gran beso y ahora creo que no se volverá a repetir. ¿Cómo podré vivir después de esto? El sol empieza a meterse y esa es nuestra señal para bajar de nuevo a la cabaña y preparar la última cena entre todos. De camino vemos cómo del cielo caen pelusas blancas, son muy parecidas a la nieve, pero están lejos de verse como en las películas. Una nieve aguada que va cubriendo los árboles, los adorna, se ven más lindos o simplemente se ven diferentes, que es casi lo mismo.

Solo espero que las plantas y los animales resistan al frío.

Creo que podría aprenderme la ubicación de los hoyos que hay en el sendero. Veinte centímetros. Treinta centímetros. Treinta y ocho centímetros. Pablo no parece alejarse de mí, pero procuro guardar distancia ahora que sé que no le gustan los hombres... ¿Será que puedo gustarle yo? Mejor conservar un espacio entre nosotros, no quiero que esto se vuelva un juego como en los que suelo caer. No voy a perseguir a nadie, no voy a rogar por un rayo de sol. Ni por un amor público.

—Édgar me besó —grita Pablo en cuanto cruzamos la puerta principal de la cabaña. Puedo sentir todas las miradas sobre mí sin necesidad de levantar la vista.

—Estuvo rico —digo levantando los hombros para restarle importancia y replicar esas dos palabras que me dijo en la cima de la montaña. Me apresuro al baño, un poco porque quiero huir de los comentarios y otro poco porque realmente necesito pasar al baño.

—¡Qué envidia! —Alcanzo a escuchar en voz de Matías.

En el baño pienso: ¿qué está pasando? Como si dar un beso fuera algo más de lo que realmente es. Tengo sentimientos y pensamientos encontrados. Una parte de mí entiende el beso como un simple acto entre dos personas, sin ninguna otra implicación. La otra parte, la más conservadora, cree que esto solo sucede cuando hay algún interés, si ya no romántico por lo menos sexual. La parte de mí a la que no debería escuchar me dice que quizá siente algo por mí. Hay otras dos o tres partes mías que hablan tan bajito que es mejor no ponerles atención.

Ayudo a poner la mesa: encendiendo las velas, abro las botellas de vino y coloco las copas frente a las sillas. Hoy cenaremos dentro de la cabaña porque afuera la temperatura sigue bajando. Samanta se acerca a mi oído: «Sabía que eso pasaría», susurra con complicidad. Le pregunto cómo podría saberlo y responde con un: «Pablo y tú son la misma persona». Se va a la cocina para seguir acarreando cosas, como todos.

La cena es amena y cálida. Pablo está sentado frente a mí y apenas puedo controlar las ganas de estirar un poco mis piernas para poder tocarlo. Todos hablamos, todos reímos, todos nos servimos más comida y rellenamos nuestras copas de vino.

Todos dormimos.

Todos soñamos.

«Todos avanzan, Édgar, ¿qué haces todavía conmigo? Déjame ir, por favor, deja que me vaya. Mi madre me soltó, mi padre me soltó. Solo tú no me has soltado. Tienes que soltarme. Estoy cansado».

Estamos abrazados, su voz es monótona. Ya no podría jurar que suena como él, estoy olvidando su voz. Lo abrazo más fuerte por más que me ruega que lo suelte. Dice que no puede dejarme. «Es tu tarea», y yo pienso que todo es mi tarea. Enterrarlo. Llorar. Recordar. Llorar. Llorar. Pensarlo. Superarlo. Soltarlo. Ojalá tuviera las fuerzas para tirar los brazos a mi lado.

Hay un olor a quemado, una plancha caliente muy cerca de las cortinas ha iniciado el fuego.

«Corre, Édgar, por favor, corre». Entierro mi cara en su cuello para no dejar espacio por el cual el humo pueda entrar a mis pulmones. Hay calor y no respiro. El calor empieza como algo agradable, pero con cada segundo que pasa se vuelve más y más insoportable. ¿Me matará primero el fuego o la falta de aire?

Despierto como recién nacido. Abro la boca, tomo aire, tomo aire, tomo aire. Estoy sudado, aunque allá afuera —supongo— sigue cayendo esa nieve aguada. Me hago pequeño juntando las rodillas con mi pecho y lloro como hace mucho no lloraba. Mi cuerpo se convulsiona desconsolado hasta que me voy cansando. Dejo de moverme, pero sigo llorando. «Ey, ey, aquí estoy», susurra Pablo acercándose a mí. Quizá debí dormir con la puerta cerrada. Tal vez debí dormir en el cuarto que estaba lejos del resto. Me abraza por detrás y pone su brazo bajo mi cabeza para que lo use como almohada. Estoy seguro de que lo mojé con mis lágrimas. Siento su pecho contra mi espalda y sus pies fríos debajo de los míos, casi como si fueran un nuevo suelo. Casi como si pudiera pararme sobre ellos, sobre él. He llorado tanto. He pensado tanto. No quiero seguir pensando. Una oveja, dos ovejas, tres ovejas, cuatro ovejas, cinco ovejas…

Una casa que ya no se incendia, pero sigue caliente y ahumada. Estar al centro de una habitación con las paredes manchadas. Y mis pies fríos y descalzos y mi cabeza caliente y mi torso y mis muslos.

14.

SAMANTA NO SE ESCUCHA SORPRENDIDA al entrar al cuarto, nos avisa que tenemos que apurarnos, debemos dejar la cabaña antes de las once de la mañana para que alguien venga a limpiar y ordenar el espacio. Soltamos los ruidos típicos que se hacen cuando se quiere decir algo, pero no se tiene la fuerza para hacerlo. Quiero estirar el cuerpo, pero Pablo sigue pegado a mí y no me gustaría alejarlo de esa manera, pero él se quita y se estira primero. Le tiembla la pierna. Me estiro. Me tiembla la pierna. Reímos.

Salimos al área común. Julieta fuma y va dejando cenizas mientras recoge las botellas de vidrio que dejamos sobre la mesa. Matías guarda las frutas y botanas sobrantes en bolsas de tela para subirlas a la camioneta. Samanta camina por todos lados, no tengo claro qué hace. No queda mucho por hacer, Pablo y yo fingimos que ayudamos: alineamos algunos muebles que no están rectos por apenas unos centímetros, revisamos que no dejemos nada olvidado, inspeccionamos la terraza mojada por la nieve que ya se ha derretido.

—¡Todos a bordo! —ordena Sam.

—No preparamos los s'mores. —Me irrita un poco haberme olvidado de ellos, quizá eso era lo que más me emocionaba de pasar el fin de semana en una cabaña con fogón.

—Tú no preparaste los s'mores, yo comí algunos mientras tú besabas a Pablo. No podemos tenerlo todo.

Julieta y Matías ya están en la camioneta cuando nosotros subimos. Samanta sigue dando vueltas por la cabaña para verificar que no dejamos nada a pesar de que nosotros ya habíamos completado esa tarea. Julieta dice que eso es muy de virgos: el orden, verificar todo dos, tres veces si es necesario. Me pregunta qué signo soy, le digo que tauro. Nací el cinco de mayo. Quiere saber mi ascendente y mi luna. Le sorprende que sepa que mi ascendente es leo. No le digo que en una primera cita me obligaron a buscar esa información. Sí le digo que mi luna está en virgo. Me mira con cara de lástima. No es la primera vez que me ven así.

El celular va pasando de persona a persona, todos agregamos una o dos canciones a la lista que nos acompañará en el trayecto de regreso a casa. El pavimento está húmedo y brilloso y refleja el sol a nuestros ojos. Todos usamos lentes de sol que no encajan del todo en esta escena, para mí siempre va con el verano y la playa, no con el frío y el agua helada que cubre la carretera. Cantamos, el que eligió la canción canta un poco más fuerte que el resto.

La canción que escogió Samanta se escucha fuerte. Todos cantamos, todos menos ella. Nuestros ojos se encuentran por el retrovisor, ella tras el volante y yo en el asiento central de la parte trasera. Hay algo en su mirada que me acelera el corazón. «No funcionan los frenos», dice finalmente, los demás hacen preguntas y se alteran. Yo no sé qué decir o qué hacer. Alguien grita. Dejo de estar en el interior del coche, ahora veo la camioneta desde arriba, como si estuviera volando sobre ella, siguiéndola. Una camioneta negra que no baja de velocidad se acerca a una curva pronunciada. Una camioneta negra que avanza por la carretera que atraviesa las montañas. Una carretera estrecha con una curva que da paso a un barranco. ¿Cuántos metros hay en esa caída? ¿Cinco? ¿Diez? ¿Quince metros? No quiero morir, no quiero morir. Una camioneta que llega a la curva, que se vuelca al dar la vuelta. Una, dos, tres vueltas. Muchos gritos que no armonizan, no hay canción durante esta caída. No quiero morir, por favor, no quiero morir.

Pienso con qué ropa me vestirán y qué zapatos me pondrán. Quisiera que me entierren descalzo, me parece más digno, más natural. Que me velen en un jardín en donde las personas suelan casarse. Que celebren así su amor por mí. Que cuando llegue a las puertas del cielo (porque todavía creo que iré al cielo) me pregunten si deseo pasar la eternidad en aquel sitio y yo termine diciendo: sí, acepto.

LA SEÑAL

«Mi ciudad no resiste. Me la roban, me la roban
a cada instante. [...] Nunca he vivido en una ciudad
sin que esta se disuelva a mi alrededor como
el azúcar en el agua».

Poesía Esencial
Mircea Cărtărescu

15.

Jorge está cantando la canción que me escribió cuando estábamos juntos, después de nuestra primera pelea. La canta tan bajito que tengo que sentarme a su lado para poder escucharlo.

—Me encanta esa canción, pero siempre fuiste muy dramático —le digo.

—Y un poco depresivo. —Me guiña.

—Por eso estamos aquí.

—Por eso estoy aquí, tú estás por otras razones. Deja de robarme el protagonismo.

Lo abrazo por un costado con nuestras miradas enfocadas al horizonte blanco frente a nosotros, él pone su cabeza en mi hombro. Solo me basta con imaginar las montañas de mi ciudad para que se materialicen en donde segundos antes no había nada. Creo que me puedo acostumbrar a estar aquí. Un lugar en el que basta con imaginar.

—Haz lo que tengas que hacer para estar bien.

—Ahora mismo me siento perfecto.

—Es lindo, ¿no? Algún día podrás vivirlo. Escúchame, haz lo que necesites hacer para estar bien.

16.

DESPIERTO EN EL MISMO HOSPITAL en el que mi abuela estaba internada. Es como si hubiésemos cambiado puestos, puede que incluso esté en el mismo cuarto que ella. Cuarto asignado para la familia Treviño. Mi mamá está mirando por la ventana, tomando algo de un termo color pistache. «Estás bien, todos están bien». Me dice que llegué consciente al hospital. Yo no recuerdo nada. Tengo una cirugía programada dentro de dos horas porque, al parecer, el cristal del coche me hizo un corte muy profundo en el dorso de la mano. No puedo ver la herida porque estoy vendado y claramente no siento dolor porque me drogaron. Mis amigos tienen algunos golpes, pero nada grave. Yo soy el más lastimado y estoy vivo, así que no hay nada de qué preocuparse. Al parecer la caída no fue tan grande ni tan empinada, cometí otro error de cálculo. Me siento aliviado y agradecido de estar vivo... y yo que creía que quería morir.

Mi abuela llega con periódicos bajo el brazo y anuncia orgullosa que viene con crucigramas en español que podemos llenar juntos cuando mi cabeza me permita pensar, no ahora que puedo pensar, pero no de forma coherente. Lo único que hace es sentarse a mi lado para contarme lo que pasó en las últimas horas desde que salió del hospital y hasta que tuvo que regresar por su nieto. Regó las plantas que encontró moribundas bajo el sol porque yo no las regué antes de irme a la cabaña. Fue al supermercado para volver a llenar el refrigerador que yo había vaciado, aunque no me acusa de ello. Buscó entre los periódicos que tiene acumulados en una bodega hasta que encontró aquellos que venían con crucigramas, sudokus o sopas de letras y los puso en una montaña separada del resto. Vio la televisión. Disfrutó de una tarde sentada en la mecedora de su terraza. Bebió mucho café descafeinado. Platicó con las vecinas que se llevaron una sorpresa al verla caminar por el parque de la colonia. Ya la hacían muerta.

Un par de enfermeros llegan a mi habitación para anunciarme que es momento de la cirugía. Ellos serán los encargados de acompañarme al quirófano. Me llevan en una silla de ruedas, creo que podría acostumbrarme a esto. Me suben a una cama y me avisan que pronto vendrá el médico. Llegan algunas personas y se presentan conmigo, no recuerdo quiénes son. Alguien me pide que cuente empezando por el uno y hasta que no pueda más. Obedezco. Es probable que esto sea lo único que quiero. Obedecer. Estar drogado. Y no contar números, pero sí enumerar todo lo que me trae paz. Hacer una lista de las cosas que tengo que hacer para estar bien. ¿En qué número iba?

17.

ESTO ME DEJARÁ UNA CICATRIZ, será pequeña y será la primera. Aun así la odiaré. No pienso convertirme en esas personas que enaltecen sus cicatrices, que recuerdan la herida y se dan palmaditas por haber sobrevivido. Que sí, qué bueno que sobreviví, Creo que realmente nunca he querido morir. También creo que nunca querré morir. Quizá cumpla noventa años, esté cansado y desearé dejar de estarlo. Pero querer dejar de estar cansado no es lo mismo que querer morir. De todas formas, las cicatrices son feas, me recuerdan a Chucky… también me recuerdan a Tyrion Lannister que en las primeras temporadas de *Juego de tronos* me parecía algo feo, aunque después de que recibió un hachazo en la cara se me empezaron a alborotar las hormonas. Las cicatrices *suelen* ser feas, ojalá la mía se confunda con las líneas de la mano, que me alargue la línea de la vida o del amor o la del dinero o cualquiera, que al final creo que todas son buenas.

«Haz lo que necesites para estar bien», resuena en mi cabeza. Recuerdo que hace muchos años Santiago hizo una lista mental con todos los lugares que le recordaban a su ex. Cada sitio que habían compartido y que de alguna manera se habían vuelto un recordatorio de que ya no estaban juntos. Para quitarle el peso emocional a esos espacios era necesario visitarlos, no huirles. Se tenía que trabajar, hacer un reacomodo geográfico.

—¿Solo tienes ese tatuaje? —Esta es la primera vez que veo a Dante en persona, no sabía que tenía uno, no se veía en sus fotos.

—Sí, solo este —dice recorriendo con su pulgar la parte del antebrazo que tiene tinta.

—¿Por qué una serpiente?

—Porque me aterran. O me aterraban... desde que me hice el tatuaje ya no me dan tanto miedo, aunque no sé si me gustaría tener una cerca de mí.

Besa su tatuaje, la representación de sus miedos. Ojalá también me besara a mí.

Visitar los lugares que te recuerdan a tu ex y besar la serpiente que tanto temías me parecen buenos comienzos, ¿qué lugares tenía que visitar? ¿Cuáles son mis miedos? Quizá nada de esto tenga sentido. Ya es noche y me duele la mano. Llamo a la enfermera con el botón que tengo junto a mi cama y le pido que me dé algo más de lo que sea para soportar el dolor y poder dormir. Me inyecta una sustancia cuyo nombre olvido al instante. Si ya soy malo recordando nombres de personas, soy peor con los medicamentos. Le pido que no cierre las cortinas, me gusta ver la ciudad de noche. Antes de salir de mi habitación apaga la lámpara que tengo a mi lado y solo en ese momento puedo ver la luna. Antes de cerrar los ojos tomo mi celular: «¿Cuándo dijiste que regresabas de Madrid? Me debes un favor».

18.

SAMANTA Y MATÍAS LLEGAN con una caja de galletas que ellos mismos prepararon. Están haciendo pruebas de postres para el restaurante que planean abrir. Aunque mencionan que quizá el concepto cambie y sea más como un café. Intento convencerlos de que agreguen una librería a ese plan. El lugar al que íbamos cuando éramos un poco más jóvenes cerró el día que el librero murió y nada ha podido remplazar ese espacio.

—¿Te quedarás en Monterrey? ¿Para qué quieres que abramos una librería si seguirás comprando tus libros en otra ciudad?

¿Me quedaré aquí? No lo sé.

—Hay algo llamado *ventas por internet*, deberías echarle un ojo. Es una maravilla, hará que tu negocio prospere.

Estudio sus rostros y la piel del cuerpo que está al descubierto. Sam solo tiene un raspón en la mejilla derecha que intenta cubrir con su cabello y Matías tiene el labio roto. Ellos no tendrán ninguna cicatriz, los envidio. Si mi seguro de gastos médicos hace su trabajo a tiempo podré salir hoy mismo del hospital. Podría quedarme un par de noches más sin ningún problema, no sé si son los sedantes, pero la comida de aquí me parece deliciosa y siempre hay postre.

—Ya no podremos recuperar la camioneta. La buena noticia es que ya quería cambiarla y el seguro me dará más dinero del que me habrían dado por venderla.

Ayer no fue un buen día para los seguros.

Matías interviene poco, pero se ríe de todo lo que decimos. Imagino que es difícil dejarlo todo por amor. Si a mí me dieran la oportunidad de abandonar todo lo que estoy haciendo por el bien del amor, lo haría. Dejó atrás su ciudad, sus amigos, su familia. Es casi como volver a nacer. A mí me gustaría volver a nacer.

La enfermera entra para anunciarme las opciones de platillos para la comida, elijo la milanesa de pollo.

—¿Quieres que te acompañemos a comer? —pregunta Matías.

—Sí, estaría bien. La televisión por cable dejó de ser divertida hace muchos años y el internet es tan lento que no carga ningún video.

—¿Otras dos milanesas? —Ahora se dirige a Samanta y ella asiente y sonríe. Se ve tan enamorada.

Matías sale del cuarto, calculo que regresará en veinte minutos. Mi amiga se cansa de buscar en la televisión algo que sea ligeramente entretenido.

—Tienes razón —dice y se acuesta a mi lado aunque la cama es solo para una persona. Toquetea los botones que hacen que la cama se doble hacia arriba, hacia abajo, hacia arriba, hacia abajo. Nos movemos como si estuviéramos en el mar. Termina por dejarnos en una posición que se parece mucho a estar sentados.

—Y bien, ¿te quedarás en Monterrey?

—No lo creo. No hay nada aquí que me retenga.

—Me tienes a mí, eso es más que lo que tienes allá.

—¿Te acuerdas cuando leíamos juntos en cualquier rincón que encontrábamos? —le pregunto y asiente—. Algunos libros eran muy aburridos, ¿no? O muy tristes o muy descriptivos o muy lentos o muy no para nosotros en ese momento.

—¿Estás diciendo que Monterrey es como un libro y no es el momento para leerlo, para regresar a él?

—Un poco, sí. No. Lo que quiero decir es... que Jorge haya muerto es como leer esos libros. Es una ficción. Con un desarrollo de personaje poco creíble. Uno debería de ver las señales cuando está leyendo. Estás en la primera página o en el tercer capítulo o en algún momento del pinche libro y ves una señal que te dice: hay algo mal. Ey, pon atención: algo malo está por pasar. Y no puedo dejar de preguntarme: ¿soy un mal lector o es que esta narrativa no funciona? Le hace falta un editor o alguien, un dios, una luz. Algo. He pasado ocho años en esta pesadilla, esta historia que ya no quiero leer. Estoy ahí, atrapado entre dos páginas todas amarillentas que ya huelen a libro viejo. Tengo que salir de ahí, Sam. Tengo que hacer lo que tenga que hacer para estar bien.

—Tenemos que hacer lo que sea para que estés bien.

Le conté que Santiago regresaría dentro de cinco días y me acompañaría al bar en el que tuve mi primera cita con Jorge. He ido a muchos otros bares, en muchas otras ciudades, con muchas otras personas, pero nunca he podido regresar a ese. La invité a acompañarnos si es que no le molestaba compartir el mismo espacio con su ex. Sé que lo haría por mí, pero nunca le exigiría que hiciera algo que pudiera lastimarla.

—Piénsalo… y de todas formas, hay algo más que me gustaría que hicieras por mí.

—Lo que sea.

—¿Puedes acompañarme a casa de Jorge? Quiero hablar con sus papás.

Visitar lugares que me recuerdan a él no suena tan difícil si lo comparo con regresar a la casa de Jorge, el mismo sitio donde dejó de existir. No he visto a sus papás desde el día en que lo enterramos y antes de eso no tuve más de dos conversaciones con ellos. Hablamos una vez sobre las montañas, les conté que desde la casa de mi abuela podía ver el Cerro de la Silla y ellos me dijeron que si quería podía subir a la azotea, desde ahí se ve la Sierra Madre. Me acompañaron arriba. Estaba despejado y se podía ver la famosa «M» que se dibuja en la cima de la montaña. La montaña que forma parte de la Sierra Madre Oriental. La Sierra Madre Oriental que es una cordillera. Familia: conjunto de personas emparentadas entre sí. Cordillera: conjunto de montañas. Jorge y Édgar: recuerdo. Nada que sea un recuerdo puede ser real.

19.

«No puedo guardar todo en estas maletas. Traje más de lo que podría llevarme». Diego se ve muy tranquilo mientras guarda sus botas, sus chamarras, todas las cosas que dejó en mi hogar porque era más sencillo para él. Las botas en mi casa porque son incómodas y nuestros planes siempre eran tranquilos, no tenía que caminar mucho o mantenerse de pie. Las chamarras en mi casa porque siempre que hacía frío dormía conmigo. El cepillo de dientes, el desodorante, el perfume, el rastrillo. «Tengo sueños por cumplir», y yo le entiendo pero me pregunto por qué soy un obstáculo. Yo que desde las esquinas, alejado de la vista de la gente, lo animaba. Yo que cuando nadie más escuchaba le decía cuánto creía en él. Diego dice: «No eres un lastre, pero quiero estar para ti al cien por ciento, no quiero darte la mitad de mi tiempo. Quiero entregarme por completo». Y pienso que me conformaría con la mitad de él, que todos nos conformamos con la mitad de alguien. Le pregunto que si me sigue amando y siento lástima por mí, sentado ahí en la orilla de la cama, no preguntando, rogando por amor. Me dice que sí, que siempre me amará, que algún día nos casaremos, recorreremos Italia en coche, tendremos hijos, que envejeceremos juntos, que él morirá primero,

pero aun así estaremos juntos mucho tiempo. No le creo. Alguna vez le dije que yo tomaría todo lo que saliera de su boca como una verdad, pero ahora mismo no le creo. No solo siento que él me traiciona, sino que también yo me estoy traicionando. «Tendré que dejarte algunas cosas, ¿puedo volver luego por ellas?». Quiero que se lleve todo de una vez por todas, tanto lo material como lo intangible. No quiero tener que reiniciar el reloj. Volver atrás en el calendario. Cinco días sin verlo. Ocho días sin verlo. Ha vuelto por sus cosas. Cero días sin verlo. Un día sin verlo.

Me dice que espera que podamos seguir hablando, que me ama y ve un futuro conmigo, solo que ese futuro, como todos, tendrá que esperar. Quiere hacer de nosotros un monstruo, mezclar el amor que nos decimos tener con la distancia, nuestros planes con incertidumbre, nuestros cuerpos con otros, ajenos. Quiere cortar y pegar y hacer embonar piezas que no están hechas para estar juntas. Yo quiero decirle que no, que no, que no, pero le digo que sí.

Sale por la puerta, yo entro al baño y de mí sale ácido. Me quema la garganta, intento hablar, pero me duele. Se llevó hasta mi voz. Dibujo líneas con la punta de mi dedo en el polvo que se acumuló en el piso.

20.

A MI TERAPEUTA LE PARECE mala idea que haya faltado a nuestra última cita para después decidir ignorar su mensaje de seguimiento. Le cuento que por poco moría. Solo me corté la mano, pero pude haber muerto. El drama según el cristal por el que se mira. No le digo que por un momento pensé en dejar de existir, tirarme por el barranco, que no tenía treinta metros como yo pensé sino que más bien rondaba los quince. No le digo que tengo pensamientos no científicos. Me avergüenza pensar que el mundo gasta un poco más de energía en mí que en el resto de personas. Creo, quizá solo porque tengo que creer, que las cosas pasan por algo, que la camioneta supo lo que una noche antes pasó por mi cabeza. Ella, o alguien, sabe lo que sentí al borde del barranco y decidió darme una lección. Mostrarme que en realidad quiero seguir con vida, aferrarme a ella. Y si me voy más atrás también puedo creer, no sé sí lo creo, que mi abuela en el hospital fue otra señal. Fue Monterrey, o algo, diciéndome: no puedes escapar de tus problemas, tienes que enfrentarte a tus fantasmas. A su fantasma. No se lo digo a mi terapeuta y no se lo diría a nadie más, incluso pensarlo me hace sentir que hay algo mal en mí. Un laberinto de espejos como los que hay en las ferias. Choco contra mí, choco contra mí, creo que encuentro una salida, pero me encuentro frente a mí.

Parece agradarle mi plan de regresar al lugar al que no he vuelto jamás, visitar a los papás de Jorge, no ignorar a mi terapeuta. Es un plan corto, un buen inicio. Me pregunta por mi abuela y yo le digo que se encuentra en perfectas condiciones para alguien de su edad. Mi mamá dice que las apariencias engañan, ella la conoce y sabe que no está en su mejor momento. Y yo pienso, pero no le digo, que tiene razón. No creo que alguien se encuentre en su mejor momento en sus ochentas. La gente dice que sí, que con el tiempo, la experiencia y los recuerdos se vive mejor. Yo creo que eso es lo que les queda decir, tienen que aferrarse a algo. Yo también tendré que aferrarme a algo.

21.

TUVE UN SUEÑO SEXUAL. Pablo era el protagonista. Una fantasía que involucraba todo aquello que alguna vez me ha parecido sensual. Nosotros en un pueblito al norte de Italia. Una naranja que se abre con los pulgares y va dejando caer su jugo en un torso desnudo. Un jugo que resbala de la piel a la arena tibia y es absorbido al instante. Un gajo que explota con frescura dentro de una boca que no cierra por completo. Un sol que calienta y hace sudar. También un mar con olas que podrían llevarse el sudor, pero un sudor que permanece, igual que nosotros, fijos con los pies enterrados en la arena.

Decido no tomar el camino fácil, no le escribo: «Soñé contigo». Pero sí tomo mi celular para preguntarle cómo ha estado desde la última vez que nos vimos. Me responde al instante diciendo que esta mañana se acordó de mí y yo quisiera saber si se acordó de mí como quien fantasea con alguien o simplemente un recuerdo nuestro le cruzó por la mente o, peor aún, una imagen mía, solo mía, llegó a él lo que dura un parpadeo para después regresar a cualquiera sea el lugar donde se guardan esas imágenes. Quiere saber si tengo planes para esta noche y, como no los tengo, decido acompañarlo a un jardín en el que venden cerveza artesanal, aunque nunca he entendido por qué las personas toman esos líquidos tan extraños. Como no podré ir al gimnasio en un par de semanas porque la herida en mi mano necesita cicatrizar sin inconvenientes, ya no importa si tomo unas cuantas cervezas con sus tantos carbohidratos. El corte profundo en mi mano es una señal: un descanso obligatorio de estarme mirando al espejo.

El jardín tiene algunas mesas y bancas de madera iluminadas por luces que cuelgan de los árboles. Pablo insistió en pagar y pide seis cervezas para que probemos los diferentes estilos que tienen. Yo hubiera pedido una o dos cervezas a la vez para que no se calentaran con tanta espera, pero él prefiere no perder más tiempo después de la enorme fila en que se formó. El lugar está a reventar, pero encontramos un rincón vacío y ahí nos sentamos. Y hablamos. Me cuenta que le gusta escribir haikus. Le digo que nunca me dio la impresión de ser un hombre sensible. Pienso que me gustaría leer lo que escribe. Dice que quizá no es el hombre más sensible pero sí el más observador.

—Escríbeme algo.

—¿Eres ese tipo de persona? Esos que cuando conocen a alguien que disfruta de cantar le piden que se eche una canción.

—Definitivamente soy ese tipo de persona.

—Prometo que te escribiré algo algún día.

—¿Por qué no hoy?

—Porque para escribir tengo que poner atención a los detalles y soy mejor observador cuando estoy borracho.

Lo obligo a tomarse de un solo trago la cerveza que menos me gustó, con la esperanza de que el alcohol agudice su capacidad de observación y sea capaz de escribirme un poema que podría enmarcar y ponerlo en la mesa que tengo junto a mi cama para verlo cada noche antes de dormir y así, con esa imagen, poder soñar con él o pensar en él o tocarme pensando en él.

Escucho el comentario de Pablo sobre «ser este tipo de persona» y recuerdo la pintura que Jorge me regaló, esa que no está a la vista de nadie, que está guardada bajo llave en uno de mis cajones. El recuerdo debe haber pasado por mi rostro porque de pronto siento la mano de Pablo apretando la mía y veo en sus ojos una clase de reconocimiento. Creo que entiende lo que estoy sintiendo. Me sacudo la memoria y cambio de tema. Pablo no me suelta. Sujeta mi mano tocando la venda que me protege. No quiero decirle que me duele, que mi herida sigue abierta, porque no quiero que me suelte. Yo fui el primero en besarlo, hace algunos días, pero él hizo algo peor: me tomó de la mano. Veo esta nueva intimidad como una burbuja que puede reventar al primer movimiento en falso.

—Te gusta besar hombres y tomarlos de la mano.

—¿Regresaremos a esa conversación? Me gusta la calidez, la complicidad y el contacto humano como forma de conectarlo todo.

—Sigo sin comprenderlo, pero espero pronto hacer las paces con eso. No entenderte y estar bien con eso.

—Es más fácil así. ¿Quieres algo más de tomar?

—¿Una cerveza normal?

Salimos del jardín, cruzamos una calle, una avenida y unas vías de tren para llegar a su departamento. Le digo que su hogar es muy lindo y me responde que mide setenta y cinco metros cuadrados, como si eso me dijera algo. Tiene muchas lámparas en las mesas y en el piso, creo que eso sí me dice algo. Pablo me pasa una botella y abre otra para él, choca su cerveza contra la mía y me guiña, como la primera vez que nos conocimos. En una de las mesas hay una libreta con la palabra *haikus* en la cubierta. Ahí deben estar los pequeños poemas que suele escribir. Quiero guardarla bajo mi ropa y robarla para poder leerlos con calma en algún otro momento, pero no lo hago. Robar la primera vez que alguien te invita a su casa no está bien visto, quizá la segunda o tercera ocasión. En el departamento también hay muchas flores naturales, vivas. Este hombre no puede ser heterosexual. Me confiesa que desde el accidente ha pensado mucho en la muerte, quiere saber si creo que hay algo más allá una vez que morimos.

—No lo sé, no soy católico.

—¿Eso qué tiene que ver?

—No lo sé.

—Estás abusando de la ignorancia. Dime algo que sí sepas.

—Sé que estamos aquí, tomando una cerveza, rodeados de una cantidad anormal de lámparas y flores.

—Quizá tengas razón, deberías llevarte algunas flores cuando te vayas.

—No puedo, soy alérgico.

—No lo eres.

—No, no lo soy. Pero podría serlo.

Acerca su oreja a mi boca y yo la beso, la muerdo y paso mi lengua por su lóbulo y cuello. Él respira fuerte, dice que su cuello es muy sensible. Me sujeta fuerte y me pone encima suyo. Ya han pasado varios días desde el accidente, no esperaba verle ninguna herida. Sin embargo, por su abdomen hay líneas rojas que sobresalen por su piel, unas marcas que dejan cortaduras que ya cerraron, pero siguen sin botar la sangre seca. También por ahí paso mi lengua, si no éramos animales hace unos minutos, ahora sí lo somos.

Nos acostamos en el mismo sillón en el que terminamos.

—No me gustan los hombres —repite, porque dice que prefiere repetirlo a dejar espacio para la malinterpretación.

¿Cómo se malinterpreta el intercambio sexual?

Ahí, abrazados en el sillón, esperamos hasta quedarnos dormidos.

22.

Lloré, le dije que tenía miedo de que se fuera, de que la distancia hiciera que me dejara de amar. También tenía miedo de que, con su ausencia, yo lo dejara de amar.

Seguía comiendo el espagueti que le preparé. David no dejaba de comer y yo no paraba de llorar. Comía con calma, enrollando lentamente la pasta en el tenedor y llevándosela a la boca sin tirar ni una gota de salsa. Antes siempre se manchaba al comer. Hasta eso cambió de un momento a otro. Mis lágrimas sí caían por mi rostro, algunas, las que marcaban el camino más triste, incluso llegaban a mi camisa, se colaba por entre las fibras y podía sentir un poco de humedad en el pecho o el abdomen.

Estoy parado junto a la barra y David sentado en el comedor, creo que si no fuera por el vino, no habría llorado. Se queda ahí sentado, ingrávido, imperturbable, casi inexistente. Tomo un billete de veinte pesos que estaba sobre la mesa. Quiero irme con la sensación de que gané algo con esta despedida. Salgo de la casa y camino por las calles. No sé qué hora es, no tengo reloj y olvidé mi celular junto a mi plato lleno de pasta. Estoy borracho y solo quiero encerrarme en un baño para llorar. Quiero saber en qué lugar se esconde esta necesidad cuando no hay alcohol. Busco vino, cerveza, tequila… algo, cuando es noche en la ciudad y los lugares cierran como si yo, como si nadie, tuviera la necesidad de llorar. De tirar barreras, de abrazar las rodillas, de besar. No por deseo, sino por necesidad de conectar, de humanidad, de complicidad.

23.

YO SABÍA EL PESO QUE TIENEN los lugares que se comparten. También sabía de la fuerza de la literatura, las frases que se crean entre dos personas y la tristeza de perderlas, de enterrarlas y olvidarlas. Y bien sabía que me fui de esta ciudad no en busca de algo, sino con las ganas de no seguir encontrándonos. Santiago es la prueba de que no se le puede escapar a los lugares: fue a Madrid hace ocho años buscando respuestas, para encontrar el amor o despedirse de él y hoy conduce por las calles de Monterrey conmigo de copiloto mientras me cuenta su más reciente aventura en España, el encuentro con Valentina, y también con su nuevo esposo. Las noches que pasaron los tres juntos no fueron una broma, pero tampoco una realidad, me dice que no volverá a pasar. «Estar en otro lugar y saber que te irás de ahí crea otra realidad temporal y desenfrenada. Lo que pase en esa línea alterna no afecta a la vida real», dice para terminar su crónica del viaje.

—También nos iremos de aquí y no por eso estamos cogiendo con otro matrimonio —le digo para molestar.

—Sabes a lo que me refiero, y no cogí con un matrimonio, solo con Valentina.

—Dios te perdone.

En todo el camino no le menciono que Samanta dijo que no estaba preparada para acompañarnos, para verlo. El bar no ha cambiado mucho, sigue siendo igual de grande y oscuro y todavía conserva el aroma a madera. No nos sentamos en la mesa que Jorge y yo compartimos aquel día; elijo la que está frente a ella, para poder verla desde lejos, para colocarnos en ella desde el recuerdo. Pasan los segundos y sigo en silencio hasta que Santiago me pregunta por qué decidí visitar este lugar, quiere saber qué pasó aquí. Le cuento que un día después de clases vinimos a este bar con la excusa de trabajar en uno de nuestros proyectos mientras tomábamos una cerveza, y que al llegar nos percatamos de que sería imposible estudiar porque la luz no nos permitía leer nuestros apuntes. Ya estábamos aquí, qué más podíamos hacer sino beber juntos. Siempre supimos, él y yo, que había algo entre nosotros: una tensión creciente. No nos habríamos atrevido a besarnos esa tarde de no haber sido por el alcohol. No me avergonzaba lo que sentía, pero sí tenía miedo y eso suele irse después de unos cuantos tragos. Parece que beber también crea una realidad alterna, temporal y desenfrenada. Santiago ríe con mi comparación y me pide que le recree la noche, muestra un interés inusual en él, quiere saberlo todo, y yo lo recuerdo.

Tenemos nuestras libretas y hojas sueltas sobre la mesa, aunque sabemos que la tarde de estudio está perdida.

Queremos que sea visible que por lo menos lo intentamos, que somos hombres estudiosos y responsables. Que somos hombres que están aquí con un objetivo, y ese objetivo no puede ser besar a mi amigo o tomarlo de la mano y mirarlo a los ojos más de lo necesario, aunque eso sea todo lo que quiero hacer. Así que nos turnamos para mirarnos con atención. Cuando yo bajo la mirada a mi cerveza, él aprovecha para verme y cuando él finge que busca al mesero para pedirle algo que no necesitamos, yo lo miro a él. Nos traen otras dos cervezas que pedimos, aunque todavía no nos terminábamos las anteriores. El mesero tenía tanta prisa que no abrió las botellas, así que Jorge saca las llaves de su casa y con ellas logra abrirlas. Trato de aguantar las ganas de ir al baño lo más que puedo, pero cuando tomo alcohol o café tengo que orinar cada diez minutos, después de cuatro cervezas no podía aguantar más. Jorge dice que pedirá la cuenta para que podamos caminar un poco por la zona, que me esperará en la salida para irnos por ahí. Pero no me espera, lo veo entrar al baño y pararse en el mingitorio junto a mí. Escucho cómo baja el cierre de su pantalón y puedo escuchar también el ruido de su orina contra los hielos que seguro comienzan a derretirse a causa del calor. Me sorprende viéndolo, siento que yo también me derrito de la vergüenza, pero no alejo la mirada. Lo miro sin parpadear hasta que me quedo ciego. Algo como una nube se acerca a mí y me besa con fuerza y desesperación, un beso que se había imaginado tantas veces y solo ahora podía salir. Nos fuimos del bar, primero caminando y luego corriendo, hasta que encontramos un rincón abandonado por la mano de Dios. Un espacio oscuro en un parque grande que no podía ser iluminado por completo ahora que el sol ya se había ocultado. No había presupuesto para colocar luminarias cada cuantos metros y nosotros nos aprovechamos de la decadencia. Ya no éramos dos hombres, éramos solo un impulso. Con las camisas jalonadas y los pantalones a medio camino. Imaginamos mucho este momento, la anticipación y el miedo a ser descubiertos le restaban tiempo al reloj. No aguantamos mucho y terminamos sin poder contener los suspiros.

—¿Cogieron en el parque? Dios te perdone.

—Siempre he sido un poco exhibicionista.

—Sí, de sentimientos. Andas por la vida con el corazón en la mano, por más que trates de ocultarlo.

—Qué triste, ¿no? Recordar, la nostalgia que trae consigo el mirar hacia atrás. El pasado siendo tan pesado, ¿qué será de nosotros a los cincuenta, sesenta años? Cargando más memorias de las que podemos soportar.

—No me parece triste, me parece idealizado, no podemos recordar el pasado como si fuera una fotografía, así que todo recuerdo es más bien un invento. Yo recuerdo muy poco, unos cuantos momentos. A mí me preocupa mi falta de memoria y tú queriendo olvidar.

—Esto somos.

—No tienes que olvidar. Al menos, creo que realmente nunca se olvida del todo. Te diré algo que viene desde el amor, ¿de acuerdo? —Santiago no espera mi respuesta—. Buscas constantemente relaciones que sabes que terminarán pronto. Eres un experto y lo peor de todo es que creo que sabes que lo estás haciendo.

De repente, mi mente se pone en pausa. Mi terapeuta me preguntó una vez por qué siempre salía con personas tan similares. Hombres con miedo. Hombres de familias católicas que sentían culpa y al mismo tiempo deseo de pagar con sufrimiento la absolución de sus pecados. Hombres que se mostraban ausentes, que daban solo la atención necesaria para mantenerme ahí. Hombres que jamás caminarían a mi lado tomándome la mano. Medios hombres. En su momento creí que era una pregunta tonta, que uno no elige de quién se enamora. Que ellos me gustaban y listo. No tenía que deconstruir y desmenuzar mis afectos. Pero ahora ¿qué es lo que pienso?

—Todo encuentro es un reencuentro —siguió Santiago—. Puedes escucharme y después desecharlo. No puedo saber, no con completa certeza, lo que sientes y piensas, pero creo que no quieres una relación. Estás buscando un reencuentro con Jorge. Amigo, eso nunca sucederá, y vas viviendo duelos a medias. No te duele despedirte de esas personas a las que nunca has amado en realidad. Quieres vivir todas esas rupturas con la esperanza de que alguna de ellas pueda remplazar la despedida que nunca tuviste. Cada vez que salías con una persona nueva me escribías para contarme lo guapo o lo talentoso o lo divertido que era, y siempre, invariablemente, terminabas con una frase que marcaba el final. Decías: «acaba de terminar con su novia, pero no me preocuparé por eso ahora, voy a fluir». O «fuimos a un restaurante lejano para no encontrarnos con sus conocidos porque no saben que le gustan los hombres». O «lo descubrí revisando mi celular en la segunda cita, pero no me importa, no tengo nada que ocultar». Y yo te decía... ¿recuerdas qué te decía? «Amigo, eso está extraño. Amigo, mereces algo mejor. Hermano, por favor». Pero tú no querías, tú no quieres algo mejor. Quieres algo que termine. ¿Cuántos finales más necesitas?

Tengo que repetirme que esas palabras vienen desde el amor para poder disipar el repentino resentimiento que siento hacia Santiago. Él me conoce más que cualquier otra persona y, aun así, creo que se equivoca. Si yo no puedo entender lo que me pasa, nadie más podrá.

—Bueno, si tanto sabes, dime qué tengo que hacer. Por favor, dime con quién tengo que salir y a quién debería evitar. Qué tengo que hacer para terminar el duelo eterno, ¿cómo voy a superar que la persona que decía amarme se mató? Porque crecer creyendo que el amor es la fuerza más poderosa del universo y darte cuenta de que hay muchas otras cosas más poderosas como el miedo, el hartazgo, la muerte, no es tan fácil. ¿En qué tengo que creer? ¿A qué debo aferrarme? Si el amor no puede sostenerme, ¿entonces qué lo hará?

—No nos hagas esto. Que tu frustración y tristeza no te cieguen, no te aferres a ideas que no crees. ¿Que no estoy aquí para sostenerte? ¿No estuvo Samanta a tu lado? El amor sí te sostiene. Ha soportado tiempos y distancias y sigue igual de fuerte. No te vuelvas un cínico. Estar aquí, enfrentarte al recuerdo real, no a los recuerdos recreados, me parece un buen comienzo. Estoy orgulloso de ti, de tu valentía.

Santiago se acerca, me abraza y me besa la mejilla en el mismo bar en el que Jorge y yo no tuvimos la valentía de amar. Me sostiene. Las personas desaparecen, pero el amor, de maneras a veces inexplicables, crece. Jorge me mira desde nuestra mesa y sonríe con una sonrisa descarada. Quiero darle un golpe, decirle que esta búsqueda por estar bien es bastante masoquista.

24.

SAMANTA ME ESCRIBE para disculparse, dice que tiene unos cólicos insoportables y no podrá acompañarme a casa de Jorge. Lo primero que pienso es pedirle a Pablo que me acompañe, pero después de todas las emociones de ayer creo que me vendría bien un día de descanso. Llego al departamento de Samanta sin avisar, con una bolsa llena de papitas, dulces, el té en lata que tanto le gusta y galletas, bombones y chocolates para preparar s'mores en el horno a falta de fogata. Matías me recibe y lo sigo hasta la sala. Veo a Samanta abrazada a sus piernas sobre el sillón, sonríe al verme y me alegro de estar aquí con ellos. Les cuento mi primera aventura en el camino para estar bien. Matías dice que ese podría ser el nombre de un libro de autoayuda y yo le doy la razón, pero Sam exige que lo tomemos en serio. Dejo de lado la historia sexual en el parque porque no quiero que Matías me coloque en cajas a las que no pertenezco. Parafraseo el discurso de Santiago y no puedo dejar de ver cómo Samanta asiente con cada palabra que digo, no creí que pudieran coincidir en algo después de tanto tiempo.

—Me alegra que te lo haya dicho. Creo que yo no me hubiera atrevido.

—Entonces, ¿estás de acuerdo?

—¿En que siempre te metes en relaciones destinadas a fracasar? Sí.

—Bueno, todas las relaciones están destinadas al fracaso. —Miro a Matías—. Sin ofender tu relación.

—No estoy de acuerdo. Yo sí creo en el amor —dijo Matías.

—Basta con mirar las estadísticas. ¿No crees en los números?

—Solo sé que mi relación con Samanta nunca fracasará. Podemos tomar tiempo y distancia, podemos terminar nuestra relación, pero nunca sería un fracaso. Y no me refiero al discurso gastado de: aprendí mucho en la relación, ahora me conozco mejor y por eso ya no es una pérdida de tiempo, ya no es un fracaso. No, lo que quiero decir es que siempre la amaré, porque ya lo decidí y no importa si la relación termina o se transforma, el amor siempre estará ahí.

—No puedes saberlo porque no puedes ver el futuro y asegurar que siempre la amarás.

—Pero lo sé.

—Pero no puedes.

—Pero lo sé.

—Mejor dime, ¿has escrito algo ultimamente?

—Tal vez, ya lo descubrirás.

Le da un beso en la frente a Samanta y ofrece prepararnos los s'mores para que nosotros podamos seguir platicando. Me gustaría saber si alguna vez alguien le ha roto el corazón a Matías. Quisiera descifrar también cuántas decepciones amorosas necesita un hombre o una mujer para dejar de creer en el amor con abnegación.

Con esa presunción de eternidad. Yo quiero enamorarme con el amor más longevo, pero tengo que hacer las paces con lo efímero, esperar más de lo que la vida puede dar solo trae decepciones. Llevo más de ocho años amando a Jorge. Es fácil amar por siempre a un muerto.

—Me encanta esta ciudad, pero creo que no quiero regresar. No todavía —le digo para seguir con una de nuestras últimas conversaciones.

—Tu abuela está mejor, ¿no? Quizá puedas regresar a Ciudad de México una vez que termines con tus aventuras en el camino para estar bien.

—No lo sé, creo que tengo que mudarme a otro lugar.

—¿Adónde te irías?

—Quiero vivir un tiempo en el mar. Aquí, entre montañas, lo veo todo. Me parece que en la costa, con toda su horizontalidad podré sentirme menos observado. Cuando estoy en la arena siempre me pregunto qué habrá del otro lado. Claro, hay tierra, pero ¿qué tierra? Me intriga saber qué hay del otro lado, con qué me encontraría si volara en línea recta hasta encontrar otro continente, por qué islas pasaría, cuántos barcos encontraría, cuántos aviones, si podría ver algunos delfines o ballenas o cualquier otro animal, a qué punto del otro continente llegaría, frente a qué restaurante en la playa o contra qué roca chocaría o qué faro, y si ese faro ilumina o está apagado.

—Si ahora mismo estuviéramos en Puerto Escondido, ¿qué crees que habría en esa línea recta?

—Unas cuantas tortugas bebés que un grupo de turistas liberó hace unas horas, un grupo de ballenas.

Quizá llegaríamos hasta Nueva Zelanda y podríamos encontrarnos con algunos *hobbits* o elfos o alguno de esos seres mitológicos de los libros de Tolkien. Ahí siempre graban esas películas. Ahora tú, ¿qué encontraríamos si estuviéramos parados en la arena de Cancún?

—Tu conocimiento de playas es asombroso. Primero encontraríamos sargazo, después volaríamos sobre Cuba, quizá podríamos detenernos ahí para ser el cliché y fumar un puro acompañado de ron. Quizá parar en una librería. Veríamos un océano enorme y dependiendo de nuestra puntería podríamos llegar a Portugal, España o Marruecos, pero ojalá pudiéramos girar un poco y cruzar por entre las tierras de España y Marruecos y llegar hasta la costa de Italia. Desearía que en esa playa hubiera un lugar donde encontrar gelato.

—Así no es el juego, ya cambiaste todas las reglas.

—No hay reglas, ni siquiera podemos sobrevolar así el mundo.

—Mejor te hubiera preguntado en qué lugar te gustaría estar.

Matías regresa con nuestros postres recién sacados del horno.

—¿Qué prefieren primero, los s'mores o este porro que forjé mientras esperaba? —pregunta mostrando el cigarro.

No debería fumar porque mi cuerpo necesita toda su atención y energía para cicatrizar mi herida. Hace dos días me emborraché con Pablo, ayer tomé un par de cervezas con Santiago y hoy fumaré con Matías y Samanta. Esta imposibilidad mía para decir «no» hace más difícil mi recuperación. Pero de qué sirve el alivio si no se disfruta el camino, los días. Años de mi vida con una devoción al gimnasio y a la dieta que se van al carajo por unas semanas en las que no puedo usar mi mano. Y a mí que siempre me ha costado encontrar los puntos medios.

Fumamos, vemos una película animada en la televisión, reímos sin saber de qué, comemos con un hambre que no estaba ahí unos minutos antes y disfrutamos de la comida como si fuera nuestra última cena. Que quién dice que no lo es. Pienso en nuestras muertes y me parece una imagen tranquila, una pintura estática colgada en la pared de un museo. Ya no quiero morir ahora, es más, quiero prolongar tanto mi vida como sea posible sin caer en la insoportable inmortalidad, sé que cuando me vaya, me iré tan en paz que mis ojos se me cerrarán solitos, nadie tendrá que luchar contra el *rigor mortis* de mis párpados. Habré visto todo lo que tenía que ver. Y habré vivido. Habré amado. Amé. El verbo ya está tachado en la lista mental de cosas que hacer antes de morir. Corrijo, lo destacho, lo rescato. Lo priorizo colocándolo en la cima de la lista. Para qué vivimos, ¿para trascender? No me aferraré a encontrarle un sentido a la vida que venga después de la muerte. La trascendencia, la inmortalidad, la reencarnación, la vida eterna, el cielo, el infierno, el purgatorio que me juzga y pone en una balanza lo bueno y lo malo. Que me señala, me manipula desde el miedo, me hace sentir culpable por vivir de la mejor manera que sé hacerlo. Aquí, con Samanta y Matías pienso en que me aferraré a lo mundano en lugar de buscar la trascendencia y la eternidad: las comidas con amigos, las primeras veces, las burbujas de agua mineral que suben desde el fondo del vaso, los atardeceres, conducir en la noche por las avenidas que cruzan la ciudad. No sé y no podría saber aunque quisiera qué hago aquí, qué hacemos todos aquí. Pero me aferraré a verlo todo, que toda la luz entre por mis ojos y no se cierren hasta que haya muerto.

25.

Tengo un recuerdo: Jorge y yo bajo un árbol que dibuja una sombra a nuestro alrededor bajo un sol tan fuerte, tan expuesto, que nos hace cerrar los ojos. Un sol rebelde y amarillo que se niega a quedarse quieto. Una resolana que nos pide que cerremos los ojos, que nos coloquemos un libro en el rostro, que nos recostemos boca abajo. Abro mi bolsillo para guardar un poco de sol, siento cómo la tela y mi pierna se calientan. Puedo ver y sentir cómo el sol lo atraviesa todo, incluso mi piel.

26.

EN MI CABEZA RESUENA la voz de Santiago: «buscas constantemente relaciones que sabes que terminarán pronto». Lo ignoro porque decido ser fiel a mi nuevo objetivo de vida. Aunque, ahora que lo pienso, no es nuevo, pero sí está reformulado: amar y verlo todo. Lo ignoro porque Pablo ya me dejó claro que no iniciaremos ninguna relación, por lo menos no romántica. Quizá sí sexual, no lo sé. No saber es una constante con él. Una certeza contradictoria que me agrada.

Pablo me espera en su coche afuera de la casa. La abuela, tan metiche como es, me pregunta a dónde voy y con quién y por qué no lo invito a pasar, que no sea grosero, que ella se aburre mucho y le vendría bien hablar con mi amigo. Le digo que cuando regrese podemos hablar todo el tiempo que quiera y se alegra porque dice que le gustaría conocer a personas nuevas. Le digo que le abriré un perfil de citas para que conozca hombres, salga con ellos y yo le pueda preguntar sin parar cosas que no me deberían de importar. Me dice que soy un grosero, pero sé que está bromeando, creo que sí le gustaría tener algunas citas.

—Tu casa me parece muy familiar —me dice tan pronto me siento en el lugar del copiloto.

—Es una fachada blanca con barandal negro, quizá te resulta familiar porque así se ve la mayoría de casas por aquí.

—No, no, no es solo la casa, es la zona. Creo que he estado por aquí. En fin, ¿desayunamos en el centro?

—Dale, conozco un lugar de chilaquiles riquísimo.

Mueve el dedo por la pantalla de su celular y yo quiero afinar la mirada, espiarlo un poco, ver qué está haciendo. No lo hago. Deja el celular entre sus piernas y de las bocinas del coche empieza a salir una canción que yo nunca escucharía por voluntad propia, pero que, tomando en cuenta el escenario, no me desagrada. Y descubro que sí quiero espiar el celular que reposa entre sus piernas.

Nos estacionamos a un kilómetro de nuestro destino, según el GPS. Pablo dice que no le gusta acercarse tanto al centro con el coche, le estresa la falta de estacionamiento y las calles empedradas que a veces son anchas y otras veces tan estrechas que sorprende que el tráfico pueda fluir por ahí. No me molesta caminar ese kilómetro a su lado aunque el sol pega fuerte, solo desearía que estas calles también estuvieran llenas de hoyos para esquivarlos y acercar nuestras manos por accidente.

El desayuno transcurre sin prisa, sin pausa. Platicamos y Pablo me explica que siempre le ha gustado caminar por el centro. Lo miro con desconfianza, a mí el centro siempre me ha parecido horrible. Los chilaquiles, tan deliciosos tal como los recordaba. Aún es temprano y me invita a caminar un rato porque hay un lugar que me quiere mostrar.

Me jala del brazo para meterme a un callejón.

—¿Crees en la brujería? —me pregunta. Acerca su rostro al mío y me limito a mirarlo con los ojos entrecerrados, sospechando de sus intenciones, del callejón al que me metió para hacerme preguntas extrañas y no para besarnos alejados de la gente—. ¿En qué piensas? —dice de manera casi imperceptible.

No digo nada, pero mi mente me traiciona. Yo me dejaría arrastrar por este hombre adonde él quisiera. ¿Qué importa lo que piense? Las paredes del callejón son de un blanco desgastado, pero sorprendentemente limpio. Hay plantas colgando del pequeño techo que no da sombra y puertas de distintos colores y materiales. «¿Crees en algo?». Pablo toca una, dos, tres veces una puerta de metal negra y antes de que se abra ya sale de ahí un olor a palo santo.

—¡Mijito! —grita la señora más elegante que he visto. Collar de perlas, vestido negro entallado, un sombrero grande y un perfume que aun cuando es suave se antepone al palo santo.

—¡Tía Betty! —grita Pablo—. Es mi tía —dice dirigiéndose a mí después de abrazarla.

—Lo deduje. Mucho gusto, señora.

—¡Señora, Dios mío! Podrás ser muy guapo, pero si me sigues faltando al respeto así no podré invitarte a que pases por un café.

No sé cómo llegué a este punto, pero saco tres cartas del mazo y las pongo sobre la mesa. Los dibujos que se muestran están saturados de elementos. Veo un sol, un manzano, una espada, un caballo, una corona. Me da la sensación de que todo estará bien y la tía me lo confirma. Me dice que el pasado quizá ha sido una batalla difícil pero he salido airoso, que el presente se ve brillante y se viene un futuro triunfal. Me parece una lectura bastante genérica. Un pasado complicado, como el que todos creemos tener. Un presente esperanzador, como el que todos necesitamos. Un futuro mejor, como el que todos anhelamos. Quisiera saber si a alguien alguna vez le han dicho algo revelador. Levanto la vista y me encuentro con los ojos penetrantes de la tía. Sobra decir que he olvidado su nombre aunque me lo dijo hace unos minutos. No me quita la mirada de encima, trato de cambiar mis pensamientos, no quiero que sepa que pienso que es una charlatana. ¿Lo sabe ya? ¿Me ha podido leer la mente? ¿Por qué creo que es una charlatana y al mismo tiempo me aterra que pueda saber lo que pienso? ¿Es necesario tener poderes para saber lo que el otro piensa? Yo creo que no.

—Murió alguien importante para ti, alguien a quien amabas... ¿tu hermano? No, no tu hermano. Tu novio —asegura. Intento no hacer gestos ni movimientos que confirmen su suposición—. Una muerte esperada por él, inesperada por los otros. Él está bien, pero le gustaría que dejaras de sufrir —dice.

Miro a Pablo, que todo el tiempo ha estado a mi lado. No hablo; sin embargo, me entiende, sabe que quiero irme de este lugar lo más pronto posible. No quiero seguir escuchándola. Inventa una excusa que su tía sabe que es mentira y ahora me jala al mundo exterior, donde ya no huele a palo santo ni al perfume de su tía. Siento el estómago revuelto. El estómago como un caldero al que le arrojan animales muertos, flores recién cortadas, sangre de unos labios abiertos. Me pide disculpas, me ruega que lo disculpe por arrastrarme a una situación en la que no quería estar, que lo disculpe por sacar más sangre de mi herida y yo simplemente lo beso porque no quiero decirle que lo perdono.

27.

«Quiero que te quedes siempre conmigo», le digo. El amor es siempre una súplica. «No te vayas, por favor, no te vayas», le ruego. Sé que esta es nuestra última noche juntos. Ya no hay nada después de esto, quizá unas lágrimas y algunos recuerdos. El sexo como el paso final para cerrar una relación y deshacerse de los rencores, de los rasguños. Nos venimos. No importan las súplicas, se deshace de mí. Se levanta para tomar una ducha y yo me quedo en la cama. Hago lo que hice muchas otras veces, contar las almohadas: una, dos, tres, cuatro, cinco, seis. Quiero saber cómo logrará dormir sin mí, él que necesita seis almohadas para conciliar el sueño. Seis almohadas y un hombre. ¿Cuántas almohadas podrán remplazarme? Mido y comparo mi cuerpo. Quizá tres. No sé si sepa que esas bolsas de plumas no irradian calor, no sujetan, están muertas. Eso debería de alegrarle, no le gusta lo vivo, lo cambiante. Le gustaría colocarme en la sala o en el comedor, cargarme y dejarme ahí. No podría moverme hasta que él, mi héroe, viniera por mí y me moviera al cuarto o la cocina. Me apena desear esa vida y quizá jamás lo admitiría, pero quisiera ser ese muñeco. Que me muevan, que me coloquen, que me alimenten, que me peinen, que me vistan, que muevan mis

labios y salgan palabras que no son mías, que piensen por mí, que hagan por mí, que me muevan, que me coloquen, que se queden dentro mío.

Dante sale de la ducha, no hay rastros de agua en las piernas, en el abdomen, en los brazos, en el rostro. Su cabello está mojado porque tarda mucho en secarse. Su espalda está húmeda porque nunca pasa la toalla por ahí. Me mira con unos ojos que me dicen que esperaba que ya no estuviera ahí. Tomó la ducha para deshacerse de mí, de mi sudor, de mi saliva. Tomó la ducha para que me fuera sin despedirme, para no ver en mi rostro la tristeza. Quería evitar ver mis dedos manchados con la sangre que brota cuando no puedo parar de morderme las uñas. Ahora lo entiendo todo. Me visto deprisa, nos decimos las frases típicas después de una ruptura: siempre te querré, aquí estaré para ti, quizá en otro tiempo, gracias por tanto. La mitad son mentiras. Me voy caminando despacio, tratando de retener en mi memoria todos los detalles del departamento al que nunca volveré. El rayón en la pintura blanca de las paredes que hicimos al meter un escritorio, el perchero en el que siempre me obligaba a colgar todo lo que traía conmigo, el tazón donde dejaba su cartera, sus llaves, sus monedas. Cruzo la puerta con la mitad de mi cuerpo y me giro para verlo. Las despedidas deben ser de frente, mirándose a los a los ojos, pero Dante está tendiendo la cama, sabe que me iré para siempre y no me mira. No me mira. Nunca me miró.

28.

EL COCHE DE SAMANTA es negro y tan brillante como solo algo nuevo puede serlo. Me siento en el lugar del copiloto. No hablamos mucho, pero cantamos juntos canciones de los dos mil, que son las únicas que los dos conocemos, vienen de una época en la que éramos más cercanos. Aunque todavía podemos abrazarnos hasta formar una sola persona, nuestros gustos musicales no podrían ser más opuestos. Nos detenemos en un parque cercano para exprimir y recolectar la valentía necesaria para tocar la puerta y verlos de nuevo después de tanto tiempo. ¿Cómo se acumula la valentía? No dejo de mover las piernas ni de morderme las uñas. Respira, respira, respira, llénate de aire, no exhales. Ínflate de tanto aire hasta que duela, hasta que la piel se vuelva elástica y se extienda, hasta que te conviertas en un globo y tu ropa reviente y flotes en tu desnudez por sobre todas las cosas. ¿Cómo se habla con los papás de tu novio muerto? ¿Es mi novio muerto o es mi exnovio? ¿Acaso estoy condenado y abrazado a una relación eterna que nunca podré terminar? Imagino docenas de escenarios en mi cabeza: lo que podría encontrar en la casa, cómo reaccionarán los señores, si me reconocerán, si me culpan por no haber cuidado a mi novio o si se arrepienten de no haber entendido a su hijo.

Toc, toc, toc. Nadie abre la puerta, quizá debería irme. Hay un timbre que no pienso tocar, odio el sonido que hacen. Toc, toc, toc. Escucho unos pasos detrás de la puerta. Veo una sombra tras la mirilla. Me ven solo a mí porque Samanta me espera en el coche. Un seguro se recorre y una puerta se abre. Un olor suave que carga con muchos recuerdos me humedece los ojos, un pulgar y un índice que exprimen los lagrimales, que absorben el agua como esponjas. Una mujer frente a un hombre... frente a un niño. Una mujer frente a alguien, ¿me reconoce? La mujer me mira y entrecierra los ojos, como escarbando en su memoria, tratando de reconocerme.

—Soy Édgar —le digo.

—Lo sé, pasa, nos preparé té —responde. Una cordialidad que solo imaginé en el veinte por ciento de los escenarios. Me siento en el centro del sofá, hay dos lugares libres a mi lado, pero la madre se sienta frente a mí en una silla. Detrás de ella hay un Jesús en una cruz, el más grande que se ha visto afuera de un templo. Jesús crucificado en una cruz, la cruz colgada en clavos contra la pared. Jesús doblemente crucificado.

—¿Está su esposo? —logro preguntar, quería verlos a los dos, quizá más al padre, el más culpable.

—Rodrigo ya no es mi esposo, no sé dónde está —dice. Sirve té en dos pequeñas tazas de porcelana, doy el primer sorbo y me quemo, no le digo nada a la madre y se quema también.

—No puedo dejar de pensar en lo culpables que son ustedes de que Jorge ya no esté vivo. Él solo quería su comprensión y cariño, que es lo mínimo que deberíamos obtener de nuestros padres. Quería decirles que me amaba y que yo lo amaba a él. —Hago una pausa para tragar saliva, para pasarme la mano por el cabello y recalcular—. Jorge tenía miedo, pero yo le decía que todo estaría bien, que ustedes lo iban a seguir amando, que eventualmente lo entenderían. Pero me equivoqué y no puedo dejar de pensar en lo culpable que soy de su muerte. Quizá si los hubiera conocido un poco mejor le habría dicho que no lo hiciera, que esperara. Si hubiera puesto más atención en ustedes habría entendido que no tenía sentido que les dijera. Le hubiera dicho que ustedes no lo entenderían, que no les dijera nada, que podríamos estar juntos sin que ustedes lo supieran porque éramos adultos. Él decía que sus papás lo amaban, que seguro sería difícil, pero que lo amaban. Pero ustedes amaban más la idea que tienen de su Dios y sus reglas. Ustedes lo mataron —digo mientras las lágrimas vienen a mí sin poder disimularlas.

Lloro, no porque me sienta triste o enojado, sino por la frustración de no poder evitar decirle algo tan cruel a una madre que perdió a su único hijo. Las palabras se tornaron como puñetazos mientras la madre se queda ahí, recibiéndolos, llorando en silencio. No se defiende, parece una niña. Parecemos unos niños. La mamá se levanta para acercarse y me llevo una sorpresa porque pienso que me dará una bofetada, pero en lugar de eso se tira frente a mí y me toma las manos.

—Perdón, Jorgito, perdóname. Por favor, por favor, por favor.

El amor siempre es una súplica. Los dos lloramos y nos abrazamos y le digo que todo estará bien. Respiramos. Dos personas casi extrañas unidas por un duelo innombrable e insuperable.

La madre sale de la sala y por primera vez me percato del pequeño altar que tiene para Jorge. Hay fotos de él cuando era un bebé y en otras etapas de su vida: en una cancha jugando futbol, en el mar sonriendo, en su graduación de preparatoria. De pronto veo una foto instantánea de nosotros dos que me vacía el corazón y me lo rompe. Esa foto de nosotros tirados en el césped abrazados, colocada en el altar, formando parte del homenaje a su vida. Llega tarde, pero llega.

Aunque Jorge no lo vea, el mundo seguirá creando cosas bellas y de vez en cuando habrá un deslumbre de humanidad y ternura que tendré que abrazar y apreciar sin él. Su madre regresa y me entrega un sobre sin decir una palabra, en él está escrito mi nombre con la letra de Jorge. No hace falta que pida explicaciones, lo entiendo todo. Me siento traicionado, después de haberme sido negada por tanto tiempo, luego de ocho años al fin recibo la última carta que me escribió. Dejo ir la frustración: una parte de mí entiende a la madre y la otra está muy cansada para navegar tantas emociones. No hablo, pero trato de agradecerle con un gesto y me voy.

Samanta ya no espera en el coche, está en una de las bancas del parque. Toma un café helado que no tengo ni idea de dónde sacó. Me siento a su lado, con la carta en la mano, los dedos temblando. Si intentara abrir el sobre en este momento no podría hacerlo sin romperlo por completo. Si intentara leer la carta en este momento, no podría hacerlo sin romperme por completo. Así que no lo intento, solo repaso en voz alta la escena que viví con la madre de Jorge para que Samanta esté al día. Toca mi pierna y puedo ver en los movimientos de su cabeza que hay un debate en su interior.

—Hay algo que nunca te dije. Prometí que no le diría a nadie. Pero fue inútil mantener la promesa. No sabía si sería conveniente, aunque no quería hacer nada que agregara leña al fuego.

—Dime.

—No te puedes enojar conmigo, se lo prometí a Jorge.

—Dime.

—La reacción que tuvieron sus papás cuando salió del clóset fue la gota que derramó el vaso, pero Jorge no estaba bien, Édgar. No sé si sus papás merezcan cargar con tanta culpa. Creo, no lo sé, creo que nosotros no podríamos haber hecho algo para ayudarlo. Me dijo que ya tenía cita con un terapeuta, que solo necesitaba tiempo y todo se acomodaría. Yo le creí, es decir, todos tenemos problemas, todos hemos estado en situaciones en las que nos hacemos daño. Yo siempre estuve al pendiente de él, desde antes de que supiera que era tu novio. Siempre lo estaba vigilando. Era agotador, pero no importaba. Tú no tienes la culpa, su amor no tiene la culpa, Jorge estaba enfermo y no pudimos hacer nada.

—¿Qué dices?

—La primera vez que salimos todos juntos fuimos a cenar después de pasar toda la tarde estudiando en la biblioteca, ¿te acuerdas? Fuimos a los tacos de siempre. Tardé un poco en darme cuenta, en embonar todas las piezas. Ese día no comimos nada por estar todo el día estudiando. Cuando llegamos a los tacos, él pidió lo mismo que todos nosotros, pero no comió nada. Ustedes no se dieron cuenta y yo no le di importancia, pensé que se sentía mal o simplemente esos tacos no eran lo que esperaba y lo dejé pasar. No le pregunté nada porque no quería que se sintiera presionado. La segunda vez que fuimos a comer tampoco dije nada, pero la tercera aproveché cuando Santiago y tú salieron del restaurante para cuestionarlo. Le restó importancia, dijo que su estómago era muy sensible, que casi nunca comía fuera de su casa. Me pareció extraño, aunque no encontré razones para que me mintiera. Jorge no comía, Édgar.

—No, yo lo vi comer. Sí, seguro lo vi comer muchas veces. Bueno, nunca teníamos citas para comer, íbamos a bares, al cine, por café… No comíamos solos.

—Contigo era más fácil evitar esos planes, pero cuando salíamos todos a comer, él solo fingía, tocaba su plato, quizá le daba una mordida o dos, pero nunca comía realmente. Pero eso no es todo…

—¿Cómo?

—También se hacía daño.

—¿Qué? ¿Cómo?

—Jorge no era el que conociste. Tampoco era otra persona, solo era la mejor versión de sí mismo cuando estaba contigo…

Samanta seguía moviendo los labios, quizá respondía mi pregunta, pero yo ya no escuchaba. Tenía la vista nublada. Yo que recorría toda su piel tratando de aprenderlo todo. Un lunar en la planta del pie. Uñas más cortas que las mías porque las mordía con menos miedo. Un ojo, no más pequeño, pero que se mostraba menos, como todos. El suyo era el derecho, el mío sigue siendo el izquierdo. Una barba. Una casi barba que crecía limitada y era podada cada tres días, cada cuatro días, cada vez que sentía ganas. Unos dientes que yo no descubrí, pero él me dijo, no eran suyos. Cuatro lunares en su rostro, ocho en su torso, seis en uno de sus brazos, tres en el otro. Estrías en el lado derecho de su culo, una cicatriz del lado izquierdo. Sí vi, alguna vez, dos o tres rasguños profundos. Dijo que fue su gato. Supongo que mintió. Sí vi alguna vez una marca oscura en su piel. Dijo que alguien lo había quemado por accidente con un cigarro. ¿Mintió? Yo siempre le creía, sin importar lo que dijera. Alguna vez, tomados de la mano, vimos una película sobre Rosario Castellanos. En ella la escritora hablaba con su marido. «Si me dices "llueve", para mí está lloviendo», decía. Al escuchar esa frase apreté su mano un poco más fuerte que antes y él supo que podría decirme que afuera estaba lloviendo y yo no me molestaría en ver por la ventana o en agudizar el oído para comprobar que las gotas chocaban contra el techo de la casa o con el pavimento. Mintió porque sabía que le creería. Busqué durante varios días ese texto de Rosario Castellanos, lo busqué entre sus poemas, pero nunca lo encontré. Tal vez esa frase fue escrita por los guionistas de la película y no por la poeta.

¿Por qué me sorprende que se hiciera daño? Jorge se mató, se hizo daño. Lo que pueden parecer nuevas noticias solo son una reafirmación, una pieza más de un rompecabezas que no me interesa terminar. Samanta ya no habla. Yo tampoco. Agarro su mano y le doy un apretón, espero que lo entienda: le creo y le agradezco.

29.

MI ABUELA ENTRA A LA TERRAZA con una cubeta llena de agua que usará para regar las plantas. Yo estoy leyendo una novela que odio, habla de las despedidas y por eso no la puedo abandonar.

—¿Extrañas al abuelo? —le pregunto.

—¿Qué clase de pregunta es esa? Podría hacer una lista con todo lo que extraño de él.

—¿Podrías hacerla?

—Que sí.

—Pero ¿podrías hacerla ahora mismo? Por favor, cuéntame lo que extrañas de él.

Me mira con los ojos entrecerrados, sospechando de mí, tratando de averiguar de dónde viene mi pregunta.

—Extraño las palabras que solo usábamos entre los dos —me dice—. Extraño no solo las palabras que usábamos entre los dos, sino la manera de decir esas palabras. Teníamos una entonación, una canción que solo usábamos con el otro. Nuestro propio lenguaje, que no se fue cuando murió, tardó un poco. Al principio yo le cantaba esa canción a mis pajaritos cuando estaba aquí, en la terraza, pero era muy doloroso. Siempre terminaba sollozando en esa mecedora, así que dejé de cantar. Extraño la forma en la que pelaba las naranjas, le salían gajos perfectos, siempre completos y sin mucha piel. Quizá lo que más extraño son sus besos, me besaba de una manera tan vulgar.

—¡Abuela! Eso último estaba sobrado.

—Los besos nunca están sobrados. Seguro tú te das tus besotes con medio mundo, no seas hipócrita.

—Regresaré a mi libro. No puedo lidiar con esta conversación.

Deja la cubeta en el piso que son azulejos de una mezcla entre azul oscuro con verde. Recoge agua con un vaso y se acerca a un rosal, con la mano toma el agua y la salpica por sus hojas, sus flores. Solo cuando queda poca agua la vacía sobre la tierra. Solo un chorrito que es absorbido al instante. La última vez que estuve en Monterrey le regalé un atomizador que nunca usó. Dice que le gusta darles de beber con la mano, que así las plantas saben que ella las quiere, las plantas siempre saben cuando uno las quiere y son agradecidas: corresponden el amor con hojas muy verdes o flores muy grandes o frutos jugosos. Les puedes cortar la flor o el fruto y no les importa, no se enojan, no guardan rencores, siguen floreciendo, te siguen alimentando mientras las sigas amando. Mientras les des de beber.

30.

Quiero odiarlo. No puedo. No creo que sepa que quiero odiarlo, pero no puedo. Eso que tanto lo sacaba de sus casillas es ahora también su escudo. Armando se fue diciendo que no me mintió, que era honesto. Rumiar. Descubrir las mentiras. Unir los puntos. Mirando hacia atrás todo se conecta. Me mintió, no fue honesto, me engañó. Y yo no puedo odiarlo. Uno no quiere ir por la vida hiriendo a las personas, arrancando corazones, pateando al caído. Hizo lo que hizo pensando en él, no en mí. Quizá debió pensar en mí, pero no lo hizo. ¿Qué puedo hacer? Nada. Muy poco. Soltar. Me digo que las mentiras estaban ahí para no herirme, aunque no me creo. Las mentiras estaban ahí por su cobardía, por el miedo a lo definitivo que se vuelve una despedida. Me digo que hizo lo mejor que pudo, que no quería lastimarme, que me tiene cariño. ¿Qué más puedo hacer? Nada. Muy poco. Irme.

Pasa el tiempo. No puedo irme.

Pasa el tiempo. Me voy.

31.

SI JORGE ERA SU MEJOR VERSIÓN conmigo, ¿cómo era con los demás? Samanta lo quiso y lo cuidó. Ella haría eso por cualquiera. Santiago parecía feliz de que estuviera con él, aunque nunca me habría dicho si no le agradaba. Todos los hombres con los que he salido han sido, hasta cierto punto, patanes. ¿Jorge lo era? ¿Lo habría sido con el tiempo? ¿Yo qué soy? ¿Qué dirán de mí los que salieron conmigo? Siempre me ha generado ansiedad el no saber qué piensan los demás. Cuántos me odian, a cuántos les agrado, qué tengo que hacer para ganar cariño, ternura, abrazos. Me gustaría saber por qué dependo tanto de las miradas.

Una vez leí a Pizarnik. «No exigir amor. Comprender que, en mí, lo natural es el desamor», escribió. Y yo no quiero exigir amor, quiero que se me entregue, incluso cuando todo termine. Jamás creeré que estoy hecho para el desamor.

32.

LE DIGO A MI TERAPEUTA que no creo que mis aventuras en «el camino para estar bien» estén resultando. Siento un agotamiento emocional que se ha vuelto físico, extendiéndose por todo mi cuerpo. Me duelen los músculos, sobre todo los de la espalda y los hombros.

—Por favor, dime qué tengo que hacer —le ruego.

—¿Qué quieres hacer?

—Lo que tú me digas que haga.

—No puedo decirte qué hacer.

Me quedo callado, mirándola por la pantalla de la computadora. Se queda callada, mirándome por alguna pantalla. Somos un reflejo del otro. Es un reto, una competencia. Nadie hablará primero. Pasa un minuto sin que nadie diga nada. Mil pesos por sesión de cuarenta y cinco minutos. Un minuto de silencio que costó veintidós pesos.

—¿Quieres que terminemos la sesión? —me dice y me ofende.

—No —le digo, le ruego.

Hablo por primera vez de Pablo con ella. Me pide que escuche lo que él me dice. Si dice que no le gustan los hombres, entonces no le gustan los hombres.

Y yo creo que la gente a veces miente porque a veces tiene miedo. La gente finge amar lo que no ama. La gente finge ser algo que no es. La gente finge ser más feliz de lo que realmente es. Me dice que no ponga mis idealizaciones y mis deseos en el otro, que yo dependa solo de mí. Y tiene razón, eso es lo peor de todo.

No, lo peor de todo es que yo también lo creo. Confieso que Pablo me prende como nunca nadie me había excitado, que solo me basta con pensar en él desnudo para tener una erección. Le digo que no tengo una erección, que no hay de qué preocuparse. No se ríe. Me pregunto si lo que dije fue inapropiado. Me respondo que no, que con mi terapeuta puedo hablar de todo. Me pregunto por qué nunca he elegido a un hombre como terapeuta. Lo escribo en las notas de mi celular junto a todos los temas de los que tendré que hablar en terapia alguna vez.

—La mamá de Jorge me dio una carta que él me escribió en algún momento antes de…

—¿Quieres contarme cómo te sentiste al leerla?

—No la he leído.

Le explico que leerla es agregar otro párrafo a la historia, otro punto final, otra despedida. Puede ser un final diferente. Esa carta podría contener cualquier cosa, desde un «siempre serás el amor de mi vida, ojalá no fuera un hombrecillo tan triste y así podría vivir contigo setenta años», hasta un «nunca te amé, nunca estuviste para mí, te necesitaba y nunca estuviste para mí». Me gustaría que mi terapeuta me dijera que la debería leer, pero no lo hace. En cambio, me dice algo sobre el tiempo y la paciencia que no logro recordar a pesar de que lo acabo de escuchar.

—¿Recuerdas que durante mucho tiempo tuve sueños recurrentes con Jorge? Ahora tengo menos de esos, pero sueño mucho con otros amores... Suelen ser recreaciones de rupturas o despedidas. No siempre son tal cual las recuerdo, a veces en el sueño hay algún detalle o sensación que no estuvo en la realidad, o al menos, no como la recuerdo.

—¿Qué crees que significa?

—Que me gusta regodearme en mi tristeza —lo digo bromeando, pero ella asiente muy seria.

—¿Por qué crees que te gusta regodearte en tu tristeza?

—No lo sé... Quizá estoy diciendo lo que me viene a la mente, quizá me gusta porque me tiene que gustar. Si todo el tiempo estoy triste, debo abrazar esa tristeza para que no me mate.

—De acuerdo, piensa en eso. Nos vemos la próxima semana.

Odio cuando hace eso. Se supone que esto es parte de la terapia, irse y dejarme con mis pensamientos. Creo que más bien es hacer trampa, ahorrarse unos minutos. Me he quedado solo con mis pensamientos durante muchos años y no ha servido de mucho. ¿Me gusta estar triste? Qué tontería. A nadie puede gustarle vivir así.

33.

Hola, amor. Me hubiese gustado darte esta carta en persona, pero sé que aunque te pida que esperes un día para abrirla, no esperarías. Eres impaciente y extremadamente encantador en tu desesperación.

«Amor». Nunca antes me habías dicho así. Si la carta no tuviera tu letra, pensaría que la escribió alguien más. Jorge, no leí la carta en cuanto me la dieron. Mira que no me conocías tan bien.

Yo desesperado soy menos guapo, no me queda bien. He estado desesperado durante mucho tiempo. Hoy me siento tan tranquilo y me veo tan guapo que me he tomado una foto. Te la mandé y me respondiste al minuto: «Estoy completamente enamorado». Lloré un poco al recibir tu mensaje y las lágrimas en mi rostro me hacían ver todavía más bello.

Soy feliz porque lloraste. Sabía que debías estar triste, no te hubieras ido de no ser así, pero ahora sé que lloraste y me alegra. Lloraste, como yo, como todos nosotros.

Saber que esta tranquilidad viene con la decisión irrevocable de irme no me hace sentir mal. Estoy tan seguro de que me quiero ir como lo estoy de que te amo. He tenido pocas certezas en la vida y tú siempre has sido una de ellas, desde el primer día que te vi. Por favor, no pienses que mi desesperación puede más que mi amor por ti. No pienses que irme es renunciar a tu amor. Por favor, no pienses que soy un cobarde. El amor que te tengo me lo llevo conmigo. Siempre te amaré, y espero que sientas ese amor a tu lado. ¿Cuántas veces puedo escribir «te amo» en un solo párrafo?

Nunca serán suficientes, Jorge. Si pudiera escucharlo de tu boca una vez más quizá podría bastarme. Las notas de voz que tengo guardadas en mi celular tampoco han sido suficientes, hay distorsión en esa voz.

¿Cuántas veces te dije te amo en persona? Muy pocas.
Si hay algo después de esto, prometo que te diré que te amo de mil formas diferentes. Pon atención a las señales. Me tengo que ir, es lo que tengo que hacer para estar bien. Por favor, no me odies. Por favor, cuídate. Por favor, tú también haz lo que tengas que hacer para estar bien. Te amo, te amo, te amo tanto. Esto no es el fin.

No puede ser real. Puedo sentir cómo mi corazón se hace pequeño, mi estómago se hace pequeño, los dedos de mis pies se contraen como un gato que esconde las uñas, los vellos de mis brazos se levantan como queriendo alcanzar el cielo, y creo que con un poco de esfuerzo podrían llegar a una nube, a otro universo.

¿Es verdad, Jorge? ¿Me has hablado en sueños? Me has escrito las mismas palabras que antes ya me habías dicho mientras dormía. ¿Es esta la señal a la que tenía que estar atento? Yo también te amo.

34.

CUANDO LLAMÉ A SAMANTA para contarle lo que decía la carta, me respondió que le gusta creer que es una señal. Lo que significa que no piensa que es una señal, ni que tengo poderes que me permiten comunicarme con los muertos. Santiago me dijo que él tenía razón, el amor siempre trasciende, nada muere. Lo que me dice que no ha dejado de ser el mismo enamorado de siempre. Mi terapeuta me pide que trate de recordar mis conversaciones con Jorge, que seguramente ya había escuchado esa frase antes y por eso la soñé. Que quizá me serviría escribirle una carta que sea para mí, como lo son casi todas las cartas que escribimos. Quiero contarle a Pablo lo que pasó porque creo que todavía tengo cosas por decir, tengo que seguir desmenuzando la información, quizá con eso llegue a nuevas respuestas, a un momento de realización. ¡Eureka! Ya tengo la solución al problema irresoluble.

Busco a mi abuela y la encuentro en el patio, sentada en su mecedora blanca tomando algo que no sé qué sea, pero tiene hielo y hace que la bebida se vea tan rica y refrescante que lo tomo de su mano para robarle un trago. Es una limonada. No me había dado cuenta de la sed que tenía hasta que ya no está ahí.

—Tú sabes quién soy, abuela. Siempre lo has sabido, hubiera sido inútil intentar ocultarme. A pesar de que yo sé que tú sabes y tú sabes que yo sé, hay cosas que nunca se han dicho en voz alta y me gustaría decirlas.

—Te escucho.

—Me gustan los hombres.

—Lo sé.

—Ya sé que lo sabes, pero necesito decirlo en voz alta.

—Creo que lo supe antes que tú.

—Ah, ¿sí?

—Tenías unos siete años. Estábamos sentados en la sala viendo televisión. Tú sentado en el piso, muy cerca de la pantalla, y yo en el sillón que todavía tenemos. Siempre veíamos el mismo programa juntos, no recuerdo cómo se llamaba. Fue hace muchos años, pero ahí salía un muchacho. Una vez me volteaste a ver casi asustado y me dijiste que estabas enamorado de él. «No sabe lo que dice, eso dicen los niños sin saber lo que significa, seguramente solo le cae bien», dijo tu mamá cuando le conté. Yo sabía que naturalmente te caía bien, pero también entendí que sabías completamente lo que significaba estar enamorado.

—No me acuerdo de eso.

—Te digo, fue hace muchos años.

—¿Qué pensaste cuando pasó?

—Nada, ¿qué iba a pensar? Era un muchacho muy guapo.

—¿Recuerdas a Jorge?

—Claro.

—No hay semana en la que no sueñe con él desde que murió.

—Pon atención a esos sueños, deben ser un mensaje o una señal. Quiere mostrarte algo. No dejarás de soñar con él hasta que descubras su significado.

—¿Y qué si no quiero dejar de soñar con él?

—¿Son lindos, tus sueños?

—Casi siempre son pesadillas.

Mis papás siempre lo supieron, mi abuela también. A mis amigos les tomó por sorpresa, pero no les importó. Entonces, ¿por qué llegué a tener miedo? Quiero que alguien me reclame un poco, que alguien me diga que me iré al infierno o que necesito acercarme a Dios. Necesito que alguien me vea feo y diga que lo que siento está mal. Quiero que el miedo esté justificado o solo seré yo el único culpable.

Me decido a seguir el consejo de mi terapeuta. Escribir una carta que me sirva para cerrar otra puerta, que me ayude a encontrar respuestas, que me acompañe en mi propio análisis de lo que soy, de lo que siento. Tomo mi computadora e intento escribirle algo que sé que nunca podrá leer. Tecleo *muchos*, pero la máquina lo cambia, lo corrige, escribe *bichos*. Escribo *muchos*. Escribe *bichos*. Escribo *muchos*. Escribe *bichos*. Escribo *muchos*. Escribe *bichos*. Me pongo a llorar. Y después estallo en una carcajada incontrolable. Creo que es él, Jorge, jugando conmigo, dándome otra señal. Te amo, bicho.

35.

Mis brazos, que están alrededor de Jorge, se agitan al ritmo de su respiración. Me despierta, me dice que siente ansiedad, que necesita un poco de aire, pero no quiere que deje de abrazarlo. Le canto una canción de cuna que me cantaban de pequeño para tranquilizarlo y así pueda dormir de nuevo. Se ríe, me pide que guarde silencio porque canto horrible. Me parte un poco el corazón, pero estoy tan cansado que me quedo dormido.

«Extraño algo de mí, pero no sé qué sea. ¿Se puede extrañar algo que nunca se tuvo?», pregunta Jorge. «Yo anhelo la vida que podríamos tener… eso, a veces, se parece mucho a extrañar», le respondo. Veo algo extraño en sus ojos. Solo dura unos segundos. ¿Qué es?

«Quiero que tengas esta cadena para que no me extrañes nunca», dice. «¿Me estás cortando?», le pregunto.

Jorge se para de la cama. Intenta no despertarme, pero mi cuerpo está acostumbrado a su dormir inmóvil. Nunca se levanta a mitad de la noche para ir al baño o tomar agua. A veces siento que se mueve en la cama, pero nunca se para. Espero un par de minutos y no regresa. Pienso que quizá está en el baño, puede ser que se sienta mal del estómago. Espero un poco más, pero ni regresa ni se escucha.

Decido ir a buscarlo. Mis pies tocan el suelo y todo el calor abandona mi cuerpo. Lo veo tirado en el sillón, abrazando sus rodillas. Seguro tiene mucho frío. Yo solo quiero abrazarlo, recuperar mi calor y compartirlo con él. «¿Qué pasa, estás bien?», le pregunto. Dice que no podía dormir y no quería despertarme con sus movimientos en la cama. «Siempre me puedes despertar, estoy para hacerte compañía», le aseguro. Quito los cojines del sillón y me tiro con él, lo abrazo por detrás y le cuento una historia que me voy inventando sobre la marcha. De vez en cuando hace ruidos para mostrarme que sigue escuchando, hasta que finalmente se queda dormido.

«Creo que tenía ocho o nueve años, quizá tenía más», le digo que es la primera persona en saberlo. No le cuento que antes ya lo había hablado con mi terapeuta, que me preguntó si me había gustado, si había sentido placer. No puedo decirle que contesté que sí, que quizá me había gustado. Hay culpa en tantos niveles que es difícil rastrearla. Culpa católica. Culpa machista. Culpa homofóbica. Culpa de hijo único. Culpa por dejarme. Culpa por disfrutar lo que hay que detestar. Culpa por no hablar. Culpa ahora que lo hablo. Nunca antes el llanto había salido tan rápido de Jorge. Llora como si el dolor fuera físico. Se agarra el estómago como si sosteniéndose pudiera detener el dolor. «¿Por qué la gente es tan mala?», me pregunta llorando. A mí me parece la frase más tierna que ha soltado.

Solo tiene rasguños cuando sus papás están de viaje, lo cual sucede seguido. Dice que el gato los extraña, se pone nervioso y agresivo cuando no están. Cuando llego a su casa, Gris se me acerca y restriega su cuerpo peludo contra mis piernas, contra mis brazos, contra mi rostro si es que estoy acostado.

Le llamo, timbra unas cuantas veces y no responde. Le marco dos, tres veces y no responde. Hace cuatro horas que no responde mis mensajes, esto no es normal en él. Estoy cerca de su casa, pasaré a ver que todo esté bien.

LA OPORTUNIDAD

«Atarse a algo.
A una huerta, un bosque, una planta, una palabra.
Atarse a algo que tenga raíz».

Los llanos
Federico Falco

36.

ODIO LAS ALMOHADAS: nunca ninguna me ha permitido dormir como me gusta. Yo preferiría acostarme en el piso con la cabeza apoyada contra mi brazo, contra mi propio cuerpo. Tiro la almohada de la cama y no se escucha al caer, quizá siga cayendo, tal vez en el piso se hizo un agujero enorme que se come todo lo que cae y se pierde para siempre. Amanece, puedo ver los primeros rayos de sol que empiezan a colarse por entre las cortinas. Mi brazo cosquillea. Debo de tener la cabeza llena de pensamientos, porque pesa tanto que no permite el paso libre de la sangre. Pongo mi rostro contra la sábana fría y la frescura recorre mi cuerpo y el sudor regresa a mis poros. ¿Cuántos gramos pesa un pensamiento? Soy malo midiendo distancias y pesando lo intangible. Lo tangible también, quizá por eso soy malo haciendo maletas, siempre temo pasarme con el peso. Me aterra, casi sin lógica alguna, llegar al mostrador del aeropuerto y darme cuenta de que mi maleta pesa setenta kilos. El empleado de la aerolínea me diría que eso es anormal, no puedo pagar el sobrepeso porque no se permiten maletas por encima de los treinta y cinco kilos. Políticas de la empresa. Me daría la opción de comprar una maleta extra en la tienda del aeropuerto. «Así puedes dividir tu equipaje entre las dos maletas», me diría. Compraría la maleta como me lo recomienda para después darme cuenta de que no puedo dividir el equipaje porque todo lo que llevo es una masa indivisible. Quizá si le pusiera una gabardina, unos lentes y un sombrero podría pasar por un pasajero. El cosquilleo de mi brazo cesa conforme la sangre regresa a calentarlo. Esta noche soñé algo, pero creo que no lo recuerdo bien. Era un sueño nuevo. Tengo tantos sueños recurrentes que a veces solo tengo que recordar una o dos variantes, pero nunca había soñado lo que creo que soñé ayer. Había un río que cruzaba por entre dos montañas, eso es lo único que logro rescatar. Si este es un nuevo sueño recurrente, no tendré de qué preocuparme, ya regresará. Si no regresa, quizá no era tan importante. Mi terapeuta siempre me pide que ponga atención a mis sueños, que no los olvide para poder hablar de ellos en sesión, dice que es importante no solo saber lo que pasó en el sueño sino entender lo que pasa en mi vida cuando tengo ese sueño. A veces pienso que mis sueños no están sujetos a interpretación. Todo es tan claro, no hay que fragmentarlo para entenderlo. Quizá mi subconsciente entiende que es muy cansado encontrar respuestas y me las otorga sin necesidad de un análisis profundo. Ojalá el resto del mundo entendiera que me siento cansado y me diera todas las respuestas que necesito. Pero no, hay que luchar por ellas. A veces hay que arrancar la verdad de la boca de otra persona que prefiere ocultarse tras la mentira. Yo me miento más a mí mismo que a los demás o al menos eso es lo que todos parecen creer.

Quiero amar y verlo todo para ser feliz. Tengo que arrancarme las gríngolas para ver sin la necesidad de girar mi cuerpo. Tengo que ir al mar, ver el horizonte, que las olas golpeen mi pecho y con eso mi corazón recuerde cómo se late.

No hay vuelos directos, compro uno con una escala casi eterna en Ciudad de México, quizá pueda pasar a mi departamento a recoger algunas cosas, mis trajes de baño se quedaron ahí y no quiero comprar otros. Casi todos mis trajes de baño han sido de un solo uso porque los compro cuando me doy cuenta de que olvidé llevar los que ya tenía. Llamo a Santiago para pedirle que me acompañe a la playa, sería un viaje de amigos como aquella vez que fuimos a España, pero me dice que no puede, la próxima semana se va a Madrid. Unos amigos de Valentina le ofrecieron un trabajo con alojamiento y alimentos incluidos, dice que podrá ahorrar todo su sueldo en euros y comprar una casa enorme al regresar. «¿Cuándo regresas», le pregunto. «No lo sé, me voy sin vuelo de regreso», me responde. Esto significa que puede irse una semana o seis meses. Yo jamás podría irme tan lejos sin tener una noción de mi regreso. Pienso que no lo dejarán entrar al país para trabajar sin vuelo de regreso. No le digo nada. Le llamo a Samanta, pero me dice que es imposible, Matías irá un par de semanas a Uruguay para terminar de resolver unos asuntos que dejó pendientes antes de venir a

Monterrey. No puede acompañarme porque tiene que afinar los últimos detalles antes de abrir la cafebrería el próximo mes. Le resto importancia al hecho de que no podrá acompañarme y tomo la victoria: abrirá una cafebrería y no un restaurante. Me dice que ahora tendré que quedarme en Monterrey para siempre y yo le aseguro que en esta ciudad moriré. Llamo a Pablo, dice que me acompaña, que le vendría bien un bronceado.

37.

ME HABÍA PROMETIDO alguna vez que nunca jamás volvería a subir ninguna montaña, en especial el Cerro de la Silla que lo veo todos los días desde la terraza. Sin embargo, soy buen amigo y Santiago quiere despedirse de Monterrey subiendo esa precisa montaña. Paramos por provisiones: fruta, agua, sobres de atún. La primera y última vez que subí nadie me advirtió que tenía que llevar comida, supongo que pensaron que no era necesario. Los demás siempre creen que todos tenemos sentido común.

—Te voy a extrañar —le digo a Santiago. Apenas llevamos diez minutos en el sendero y mi respiración ya se empieza a agitar.

—Ahora sabrás lo que se siente, tú te fuiste primero.

—Ciudad de México está a una hora de vuelo.

—Madrid a doce. Si te duermes no lo sientes.

—Un vuelo que cuesta diez veces más y solo hay uno al día. No es lo mismo.

—No lo es... sabes que puedo regresar si lo necesitas, ¿verdad?

—Lo sé.

Vemos un coatí, lo que significa que estamos por llegar a la plancha de concreto que dejó el teleférico, una atracción turística que duró muy poco. Mató a más personas de las que debería y ahora funciona como zona para descansar antes de seguir subiendo el cerro. Se acercan más coatíes, acostumbrados a que los alimenten con fruta, comida chatarra, sándwiches de jamón y queso. No sé qué pasaría con ellos si un día las personas dejan de subir. ¿Ellos bajarían? ¿Morirían de hambre? ¿Encontrarían alimento? Quizá se organizarían en manadas y asaltarían la misma tienda en la que nosotros compramos nuestras provisiones. Nos acercamos a la orilla de la estructura para sentarnos con los pies colgando al precipicio. Yo la veo primero porque tengo visión perfecta. Santiago, con su miopía, tendría que avanzar unos metros más antes de darse cuenta de que Samanta está sentada justo donde planeábamos descansar. Me detengo de golpe y esto levanta sospechas en Santiago, no pude ser discreto y ahora es cuestión de tiempo.

—¿Es Sam? —me pregunta. Ella sigue de espaldas, no nos ha visto, podríamos darnos media vuelta y evitar el momento incómodo en el que dos exnovios se reencuentran después de no sé cuántos años.

—Sí, está con Matías.

¿Será que todos decidieron despedirse de Monterrey trepando este maldito cerro?

—¿Quién es Matías?

—Su novio.

—Ah.

—¿Nos vamos?

—No, no somos niños. Saludémoslos.

—¿Seguro?

Él da el primer paso hacia Samanta, pero no parece hacerlo con seguridad, camina más rápido de lo normal, fingiendo control sobre su cuerpo. Antes de que lleguemos a ellos, Samanta voltea. Quizá nos escuchó al acercarnos, tal vez olfateó el perfume que Santiago usa desde que tiene quince años. Nos mira y por su rostro pasan mil muecas. Hubo abrazos, presentaciones: Santiago, Matías. Matías, Santiago. Mucho gusto. Mucho gusto. Nos sentamos en círculo y de pronto estamos en la primaria de nuevo. Compartimos el lonche entre nosotros y también con los coatíes que se acercan fingiendo que quieren ser nuestros amigos.

—Me iré a Madrid unos meses —dice Santiago para llenar el silencio.

—Te habías tardado. Siempre supe que eventualmente terminarías viviendo en esa ciudad —Samanta dice con los ojos clavados en su comida.

—Ni yo lo sabía, apenas lo decidí.

—Sí sabías, pero tenías miedo.

No planeo intervenir en la conversación a menos que sea necesario. Matías es bastante prudente como para dejar que ellos hablen. Sabe que hay algo entre los dos sin resolverse. Creo que yo moriría de celos en su lugar, quizá por eso estoy soltero y ellos están enamorados.

—Nosotros abriremos un café. Matías y yo.

—¿Un café?

—Y una librería.

—¿Una librería?

—Culpa de Édgar.

—Claro.

Durante mucho tiempo creí que Samanta no quería ver a Santiago porque le guardaba rencor. Me parece que no solo es común sino deseable que al terminar una relación quede algo de resentimiento, dedos índices que señalen todos los errores que llevaron al descalabro del amor. Ahora lo entiendo bien, no era rencor. Lo entiendo porque al estar aquí sentado veo y siento que lo sigue amando. No quería verlo porque él fue quien decidió irse y ella la que nunca olvidó. Samanta y yo seguimos encontrando líneas que nos cruzan. Ellos los que se van, nosotros los que nos quedamos.

—¿Van a subir?

—No, nosotros ya vamos de bajada.

—Llegaron muy temprano.

—Sí, antes de que saliera el sol.

Cuando Samanta se percata de que lleva mucho tiempo mirando a Santiago, en automático se vuelve para ver a Matías. No descansa la vista unos segundos en mí o en los árboles o en los coatíes. Es una persona dividida entre dos amores. A mí también me gustaría ser atravesado por más de un amor, pero por más que lo he intentado parece ser que solo Jorge ha logrado cautivarme de esa manera. Es injusto para todos los nuevos amores, pero el trauma deja una marca indeleble. Matías levanta el rostro para beber agua de un termo rojo y así, con la cabeza alzada y el sol en el rostro, me parece, en este momento, el hombre más guapo que he visto. Santiago, aunque no me permito verlo guapo, muestra una media sonrisa que siempre me ha parecido encantadora. Si lo encontraras en algún lugar y cruzaran miradas pensarías que te está coqueteando. «Me sonrió», dirías para ti y sentirías un cosquilleo y unas ganas de preguntarle su nombre o quizá su teléfono. Pero él es de pocos amores. Amor eterno a la primera ciudad que vio fuera de México. Amor eterno, aunque nunca lo confesaría, a la primera mujer. Amor eterno a nosotros, sus primeros amigos.

—Deberíamos irnos, el vuelo de Matías sale por la noche y no ha hecho maleta.

—Muy bien. Quizá cuando regrese de España podríamos vernos todos, salir a cenar o tomar algo.

—Sí, escríbenos cuando regreses —dijo Matías porque pasaban los segundos y Samanta no respondía.

—Vale.

—Nos vamos.

—Buen viaje.

Santiago abraza a Matías y después a Samanta. Ese último abrazo dura más que el anterior. Yo abrazo a Matías y Samanta al mismo tiempo. Se van con la cara todavía roja del esfuerzo que hicieron al subir y bajar la montaña. Y yo me quedo medio confundido, sin saber qué decir. No es así como imaginaba el reencuentro que esperé tantos años. Lo imaginé muchas veces porque me sentía como el hijo de padres divorciados, deseaba que en algún momento todo fuera como antes y no lo fue. Nada nunca es como antes, pero soy nostálgico y un poco tonto. ¿Cuántas veces las cosas pueden ser como antes? ¿Cuántos reencuentros suceden sin parecer reencuentro? ¿Cuántos amores quedan intactos después del paso del tiempo?

Recorrimos los últimos metros para llegar a la cima con la sensación de estar escalando más que caminando. Pies y manos apoyados en la tierra para empujarnos. Este es el momento en el que podría volver a prometerme no subir ninguna montaña, pero ya no lo hago, ya no prometeré nada que no vaya a cumplir.

Es cierto, la vista siempre suele valer la pena. Los árboles se ven más verdes aquí arriba y yo pensaría que toda el agua resbala por la montaña y cae a la ciudad. Quizá es así, no sé entonces por qué los árboles abajo son más amarillos, más naranjas. Pongo mi celular entre las ramas de un árbol y ajusto el temporizador de la cámara, una foto con Santiago tendrá que bastar para recordar este momento de victoria.

—¿Cómo te sientes? —le pregunto a mi amigo.

—Cansado.

—Yo igual pero… ¿cómo te sientes?

—Ah… raro, ¿no?

—No sé, tú dime.

—Es difícil querer tanto a alguien y sentir que la otra persona te quiere tan poco.

—Samanta sintió que la usaste para superar a tu primer amor. La lastimaste, sigue herida.

—Ha pasado mucho tiempo.

—Sí, imagina cuanto te amaba para que todavía le duela.

Seguimos mirando todo, tratando de memorizar todo. Creo que si cierro los ojos y agudizo mi mente podría escuchar a Santiago pensar en Samanta. «Mejor hubiera dicho esto, quizá debí pedirle perdón, no sé, darle alguna explicación», dice en su cabeza. Creo que con un poco de esfuerzo puedo saber lo que los demás piensan y sienten, tengo un mapa mental con las conversaciones más relevantes, con las acciones más determinantes. Es fácil saber qué piensa o siente quien conoces a profundidad, pero, invariablemente, quizá porque el tiempo pasa y la gente cambia, llega el momento cuando el otro toma una curva y te sorprende y te decepciona y te rompe el corazón. «Eres otra persona», pensarás. Y asegurarás que te mintió, que todo fue un plan elaborado para engañarte, es más llevadero que aceptar que quizá el mundo no gira en torno a ti.

Quiero estar para Santiago, aconsejarlo, pero no sé cómo hacerlo sin regresar a mis problemas y cuando menos me lo espero ya estoy reviviendo los recuerdos y entro al remolino que es mi cabeza y no puedo salir. Ayuda, por favor, ayuda, que alguien me saque de mí. Que alguien venga, me rescate y hable por mí, que diga lo que hay que decir para que tu amigo no se sienta mal por haberle roto el corazón a su amiga. Aunque yo pienso que sí debería pasarla mal, no es justo usar a quien te ama para olvidar a quien tú amas. No se vale arruinar una amistad tan larga que ha visto pasar tres papas católicos. ¿Y qué hago yo pensando en la religión católica y sus papas? ¿Y qué hace Dios bajando del cielo? ¿Es que acaso él vendrá a hablar con Santiago? Dios, ayúdalo, por favor, por lo menos ayuda a uno de nosotros. No, no, me arrepiento: ayuda a sanar su corazón, pero ya que estás aquí bájame de este cerro, mis piernas no soportarán el descenso.

38.

PABLO INSISTIÓ EN PASAR por mí para ir juntos al aeropuerto. Odia tener que esperar un taxi por el que hay que pagar un precio absurdo, dice que prefiere pagar el estacionamiento. Mi abuela insistió en que comiéramos en casa para no caer en las prisas y por ende en la tentación de la comida rápida. Y yo que tengo antojo de una hamburguesa con queso desde hace varios días.

Nunca usamos el comedor. Normalmente comemos en la mesa de la cocina, que es más pequeña y fácil de limpiar, pero mi abuela dice que las primeras impresiones son importantes y que vaya preparando la mesa del comedor antes de que llegue mi novio. Le aclaro que no es mi novio, solo es un amigo. No le cuento que nos besamos y hacemos otras cosas que involucran fluidos varios.

—Pero quisieras que lo fuera— me dice. Niego con la cabeza pero sospecho que haríamos una buena pareja—. Ya llegó.

—Pero si todavía no baja del coche, deja de ver por la ventana.

—¿Le abro yo?

—No, no, ahora voy. Tómate una cerveza o un café, entretente con algo.

Espero detrás de la puerta hasta que se acerca, no quiero parecer desesperado por encontrarme con él. La entrada principal tiene un cristal que permite ver hacia afuera; sin embargo, a menos que sea de noche y las luces están encendidas, no se puede ver el interior de la casa. Esto me permite apreciar cómo baja del coche y se queda de pie un momento para recorrer con la mirada cada espacio de la fachada. No sé si le falta pintura o tiene algún detalle que arreglar, no he prestado atención al exterior, mi abuelo era el que se encargaba de que todo funcionara. Yo soy más de ver los interiores, quizá es una costumbre adquirida después de vivir en un departamento durante tanto tiempo. Se acerca a la puerta y toca el interruptor del timbre… pero no se escucha nada. Anotado: arreglar el timbre.

—Estoy seguro de que conozco esta casa —me dice al entrar.

—¿Eres uno de los ligues que mi abuela hizo por internet?

—¿Alicia?

—No, Rosa.

—Ah, no, todavía no tengo el gusto de conocerla.

Mi abuela se presenta con Pablo y directamente le da un abrazo, no le da tiempo de decir nada. No era necesario, ya sabía todo lo que yo le había contado de él. Nos apresura a la mesa y empieza a traer más comida de la necesaria: sopa de tortilla, puré de papa, espagueti, milanesas de res empanizadas, gelatinas de diferentes colores aunque todas eran sabor fresa. Ellos hablan como si fueran grandes amigos, son cordiales y al mismo tiempo se hacen bromas y se tiran uno o dos albures. Me parece extraño, a mí me cuesta siempre hablar con confianza si acabo de conocer a alguien. Trato de no cruzar líneas, de mostrarme sereno y sonreír mucho porque esto último es lo único que me aleja de ser un patán en los primeros encuentros.

—¿Tienen tiempo?

—Nuestro vuelo sale en tres horas.

—Entonces sí tienen tiempo, subamos a la terraza para tomar un café.

—Perdón —le susurro a Pablo.

—Me parece encantadora. Mejor que Alicia, definitivamente.

Mientras subo las escaleras pienso en lo pequeñas que se han vuelto. Las escaleras cambiaron, yo sigo siendo el mismo niño que las escalaba hace veinte años. Nos sentamos en las mecedoras blancas de la abuela a tomar el café. Pablo gira la cabeza en todas las direcciones. Entonces me fijo en sus ojos que siempre me parecieron familiares y volteo a ver la puerta que me abrió la cabeza cuando era pequeño. Pablo es mayor que yo, a esta edad es casi imperceptible la diferencia, pero cuando éramos niños esos pocos años se notaban por todos lados, en la voz, en la estatura, en el vello que ya le comenzaba a salir.

—Ya sé por qué el barrio te resultaba familiar. ¿Todavía te gusta Pokémon?

—¿Cómo? —No esperaba mi pregunta—. Sí, siempre. Es el primer videojuego que me compraron mis papás.

—Te acuerdas de la casa de mis abuelos, pero no te acuerdas de mí, qué cabrón.

Abre mucho los ojos y vuelve a recorrer cada espacio de la casa.

—Te golpeaste ahí, ¿verdad? —me pregunta señalando la puerta de madera en la que yo todavía puedo ver la sangre. Le digo que el mero recuerdo hace que me vuelva a doler. Mi abuela se queda callada, no entiende nada, pero tampoco hace preguntas, algo muy raro en ella.

—Sabía que había algo familiar en ti. —No le digo que él es el primer niño que me gustó.

—¿Por qué no nos volvimos a ver? —me pregunta y yo busco a mi abuela con la mirada.

—¿Cómo se llaman tus papás? —le pregunta a Pablo.

—Mi papá también se llama Pablo Figueroa, mi mamá Claudia Busquets.

Mi abuela le da un trago a su café y se pone a mirar sus plantas como si las más viejas, las que llevan ahí más de veinte años pudieran darle las respuestas. Nos dice que no cree conocerlos, que su memoria es muy mala y puede que se esté equivocando.

—Pregúntale a tus papás o a tus tíos —me sugiere. Y creo que prefiero no saber.

Tenemos que irnos al aeropuerto, pero Pablo sigue buscando algo, no sé qué, con la mirada. No quiero interrumpirlo, me gustaría que nos recordara corriendo por este espacio, él detrás de mí y yo fingiendo que no quería que me alcanzara.

39.

DESPERTÉ A LA MITAD DE VUELO, lo sé porque fue justo cuando los sobrecargos empezaron a repartir las bebidas y botanas. Cacahuates, agua, cervezas, destilados y licores para los que volamos en clase turista. Nueces de la india, agua, cervezas, destilados y licores para los de clase premier. Tomo el poemario que dejé en el revistero y lo pongo bajo mis piernas, he olvidado muchos libros en aviones y este poemario tiene muchas de mis anotaciones, me dolería perderlo. Aunque consiguiera una nueva edición y lo leyera de nuevo no podría recordar qué frases subrayé o qué anoté en los márgenes. Ni tendría sentido.

Alguna vez leí un poema que hablaba sobre las fases del sueño y ahora me doy cuenta de que no he tenido sueños bonitos ni pesadillas horrendas desde que decidí pasar unos días en la playa. Quién diría que solo necesitaba unos días en la costa de Oaxaca. Corrijo. Quién diría que solo necesitaba la idea de pasar unos días en la costa de Oaxaca. Tal parece que la idea es tan poderosa como el acto en sí. ¿Pero cuántas veces he pensado que todo estará bien y no funciona? ¿Será que tengo que pensar que todo ya está bien?

También leí, no en un poemario sino en internet, que siempre soñamos, pero que a veces al despertar olvidamos nuestros sueños. Yo pensaba que se dormía para olvidar.

Bajamos del avión con nuestras maletas de mano y pedimos un taxi. Nos tomó veinte minutos salir del aeropuerto desde que aterrizamos. Me puso de buenas saber que no documentamos maleta, en ese caso la espera en el Benito Juárez nos hubiese tomado más de una hora. Me alegra también el trayecto a mi departamento, los camellones verdes con árboles que invaden algunas avenidas. No es temporada, pero puedo dibujar con mis recuerdos unas jacarandas florecidas. Soy capaz de imaginar esta ciudad todavía más bella.

Entramos a mi departamento y hay un olor que no reconozco, quizá el aroma de un lugar que lleva semanas cerrado con mis cosas dentro. Muelo unos granos de café que pronto cambian el olor del departamento, pongo agua a hervir en la tetera que me regaló mi abuelo la única vez que me visitó en esta ciudad y saco la prensa francesa para prepararnos algo que nos despierte y así no perdamos nuestro segundo vuelo. Pablo me repasa el día que nos conocimos, cuando éramos pequeños.

—Claro, ya lo recuerdo, estaba tu prima. Todos compartimos una cerveza y corrimos por toda la casa de tus abuelos. —Me cuenta la historia como si yo no hubiese estado ahí. Me dice que no lo puede creer, que qué pequeño es el mundo, que cuál es la probabilidad de encontrarnos así, después de tantos años en una ciudad en la que viven cinco millones de personas.

Le digo que soy malo para las matemáticas, aunque me alegra el desenlace. También le digo, para molestarlo, que hace veinte años no éramos cinco millones de personas en la ciudad.

—¿Te puedo confesar algo? —le pregunto.

—Sí, claro.

—Creo que mejor no quiero.

—No seas esa persona.

—Bueno, nada, que fuiste el primer hombre que me gustó. El primer niño, pues, éramos niños. Te vi y quería ser tu amigo, quería seguirte a todos lados, quería tomarte de la mano. En ese momento pensé que quería ser tu amigo, y es cierto, pero también quería algo más. Habría tomado lo que sea que me dieras con tal de estar más cerca de ti.

Dije más de lo que quería decir y pude haber dicho muchas otras cosas, pero veo cómo Pablo se acerca a mí y me detengo. Me besa la frente con ternura. Me besa los labios con paciencia. Labio superior, la comisura de ambos labios, labio inferior, entre la nariz y la boca. Me mira un ojo, el otro y me besa los labios de nuevo. Le pido que se detenga. Le digo que no puedo seguir.

—Quiero estar contigo —dice.

—No puedo seguir con esta dinámica. Tenemos que ser amigos de verdad, no esta cosa extraña que tenemos. No quiero estar en medio de una cosa y otra. Necesito un espacio fijo, no que me estén moviendo de lugar. Los besos tienen que parar, los besos y todo lo demás. No puedo permitirme enamorarme de ti otra vez, no ahora que sé quién eres. Fuiste el primer hombre que me gustó, eso tiene peso y creo que no lo quiero. He estado conduciendo con el freno de mano puesto, pero agota tener que detener lo que siento y repetirme todo el tiempo que esto solo es una amistad sexual y cuando me tocas o me besas con ternura veo una puerta por la que quizá podría cruzar, luego me ilusiono y vuelvo a frenar, me digo que no, que nunca pasará. No te gustan los hombres, aunque esa frase sigue sin tener ningún sentido para mí y dudo que tenga sentido para alguien. Me gustaría poder controlar lo que siento sin ningún esfuerzo, aunque me parece que quererte es algo tan inherente que te quise desde la primera vez que te vi, que te quise antes que a cualquier otro y te volví a querer cuando nos reencontramos, tenía tus ojos guardados en mi memoria y aunque el resto de ti había cambiado yo sabía que tú y yo ya nos habíamos encontrado antes. Es que lo sabía y eso no pasa, yo olvido todo.

—¿Cómo que siempre conduces con el freno de mano puesto?, si la mitad de veces que te escucho hablar lo haces casi atropellando las palabras. Sabías que puedes respirar entre frases, ¿cierto?

—Jódete.

—Ey.

—¿Qué?

—Seamos novios.

Me deja sin palabras. Lo miro con los ojos entrecerrados, tratando de enfocar sus expresiones faciales para descubrir alguna mentira en ellas y al mismo tiempo pasan por mi cabeza todos nuestros recuerdos juntos. Los discursos y las acciones apiladas que se contradicen una a otra. Y nuestros *no sé*, que seguro definen toda nuestra relación. Está claro que él no sabe nada y yo sé quizá menos que él.

—¿Y tu discurso?

—¿Cuál?

—El que dice que no te gustan los hombres.

—Me gustas tú.

—¿Y yo no soy hombre?

—No lo sé, dímelo tú.

—Sí lo soy.

—Okey.

—¿Te gusto?

—Mucho.

—¿Qué tanto?

—Por favor, no me conviertas en un hombre cursi.

Me sonríe y se queda ahí esperando una respuesta que no tengo. Tengo que protegerme, no puedo estar viviendo decepciones amorosas cada cuatro o cinco meses y Pablo no parece saber lo que quiere, o más bien, sabe lo que quiere, pero todo el tiempo está cambiándolo. Lo beso, lo abrazo y le digo que luego lo hablamos, tenemos que regresar al aeropuerto. Antes de dejar el departamento, corro a mi habitación, busco en mi relojero una pequeña llave que abre el segundo cajón de mi mesa de noche. Saco la caja que contiene el cuadro que Jorge me regaló hace muchos años, lo coloco junto a la ventana, ahí donde le dan los rayos del sol. En la caja también hay otros recuerdos: fotografías, cartas, boletos del teatro, de museos. Tomo un collar de perlas chiquitas que también fue un regalo de Jorge y me lo pongo alrededor del cuello. Hace mucho tiempo que no lo usaba. Sigue brillando.

40.

BASTA CON BAJAR DEL AVIÓN para que pequeñas gotas de sudor se formen en mi espalda, en mi frente, en mi cuello. Uno piensa que conoce el calor, pero resulta que hay muchos calores distintos. El de Monterrey es seco, el de Puerto Escondido es húmedo y muchos otros lugares con calores influenciados por qué tan cerca están del mar o qué tan cerca o lejos están del sol. Todos ellos insoportables en diferente medida. El clima más bien templado de la Ciudad de México es lo que más extraño de vivir allá.

Rentamos un coche para movernos por la costa, yo tengo que conducir porque resulta que la licencia de Pablo lleva más de un año vencida y no estaba al tanto. Dice que no lo puede creer, que menos mal que no ha tenido ningún choque, que ojalá tuviera el dinero para poder pagarle a un asistente, así no tendría que preocuparse por recordar fechas, que qué difícil es ser adulto y que si ya pensé si quiero ser su novio. Le digo que la gente ya no pide ser novio del otro, que eso es algo que hacen los niños o los que nacieron antes del 2000.

—Pero si nacimos en los noventas —dice.

—No digas eso en voz alta, te pueden escuchar.

—Eres bellísimo, no tienes que preocuparte por tu edad.

Si fuera un poco más blanco, mi piel se mostraría roja, pero veo mi reflejo por el retrovisor y mi color se mantiene, no hay señales de que ese comentario me haya acelerado el corazón. Quizá si pusiera su mano en mi pecho. No lo haría sin que yo se lo pidiera y no le pediré que lo haga. ¿Para qué me mostraría vulnerable? Me aterra la posibilidad de que todo funcione con él. Yo no era esta persona: no buscaba el amor hasta que se me fue de las manos y desde ese momento mi vida tuvo algo de sentido: buscar lo que tuve y después perdí. ¿Qué será de mí si ya no tengo que buscar amor? Si alguien me ama y yo ya no tengo ninguna otra misión más que seguir amando. No buscar ni encontrar sino mantener. Mantener requiere mucho esfuerzo, no permite aflojar ni acelerar, mantener lleva de alguna u otra manera lo monótono.

—Más bello es el paisaje, deja de verme a mí. Voltea, de ese lado se ve el mar.

—Me caías mejor cuando no sabías que me estaba enamorando de ti.

—¿Enamorando?

—No estaría aquí si no fuera así.

—Eres un sujeto muy extraño.

—No me crees, ¿cierto?

¿Le creo? No quiero que esto sea un juego de vacaciones. He atravesado mil rupturas amorosas, pero no sé si pueda sobrevivir a que Pablo me rompa el corazón. No solo el corazón sino la ilusión de ese primer amor que hasta hace unas horas mantenía intacto.

Miro por el retrovisor con la esperanza de encontrar a Jorge en los asientos traseros, él que todo lo sabe porque ya está muerto y cuando uno muere debe, por lo menos, adquirir todo el conocimiento del universo, tal vez pueda mostrarme el camino correcto.

—¿Me estás mintiendo?

—Nunca te mentiría.

—¿Te estás mintiendo?

—No en esto.

—Entonces, te creo. ¿Podemos hablarlo cuando termine el viaje?

—Seré paciente.

—Vuelven las frases cortas.

—No quiero que pienses que hablo de más para cubrir con palabras alguna mentira.

Llegamos a nuestro hotel, más pequeño de lo que esperaba, aunque es lindo y está frente al mar. Además, nuestra habitación tiene aire acondicionado, lo que parece no ser algo común en los hoteles de la zona. Nuestro cuarto tiene dos camas matrimoniales que Pablo convierte en una sola al empujarlas una contra la otra.

—¿Qué quieres hacer hoy? —me pregunta y veo el reloj.

Faltan un par de horas para el atardecer, le propongo que tomemos algo en el bar y después caminemos por la orilla del mar para ver cómo se esconde el sol. Me encanta ver los atardeceres, pero me incomoda apreciarlos sentado en algún lugar. Si la tierra se está moviendo, nosotros deberíamos de movernos con ella. Caminar hacia el sol ignorando que estamos dando vueltas sin acercarnos.

El mesero nos pregunta si queremos alcohol o somos aburridos, le decimos que un poco de los dos, así que nos abre unos cocos helados y les echa unos shots de ginebra.

Detrás de la barra hay un espejo de piso a techo en el que me puedo ver, el collar de perlas que Jorge me regaló combina muy bien con mi piel, con la arena, con los cocos y, a pesar de que en el espejo no se ve, combina también con el mar. Ya tengo en mi rostro un ligerísimo bronceado que me hace sentir muy guapo. Siempre he creído que el sol me favorece, es como si supiera que soy su hijo y me abrazara y me diera un calor que puedo compartir con los demás. Pablo tiene la misma camisa celeste que usó cuando lo vi en el departamento de Samanta, solo que ahora la usa completamente desabrochada y deja entrever su abdomen que se ve más firme que el mío. Hago una anotación mental: hacer cita con el médico para saber si ya puedo regresar al gimnasio. El dolor me sigue llegando a la mano de vez en cuando, quizá tendré que convivir con ese dolor por siempre, no me importa, lo único que necesito es regresar al ejercicio.

—No lo había visto. —Pablo lleva sus manos a mi collar, lo sujeta entre el índice y el pulgar y lo levanta un poco—. Está muy pesado. Me gusta, es lindo.

—Lo había olvidado en Ciudad de México, aproveché nuestra pequeña parada para rescatarlo.

No le digo que ese collar llevaba olvidado ocho años. Creía que si escondía el collar y el cuadro y las cartas y todos los objetos que me ligaban a Jorge, eventualmente podría olvidarlo. Si borraba casi todas las fotos, casi todos los mensajes... pero no, no hay forma de olvidarlo.

Antes de salir con Matías, Samanta estuvo dos años con un chico que se tatuó su nombre en el antebrazo. Un *Sam* escrito como con máquina de escribir. Una marca chiquita pero permanente en la piel. Cuando terminaron, ella me escribía cada dos o tres días para contarme lo feliz que se ponía cuando recordaba que él jamás podría olvidarla porque llevaba tatuado su nombre. Se aferraba a ello para poder sentir que había ganado en la ruptura. Estaba claro que él no la olvidaría, cada vez que viera su brazo vendría a su mente la imagen de Samanta, pero aunque ella no tenía ni un solo tatuaje, seguía trayendo a la conversación lo mucho que le alegraba que él jamás podría olvidarla. No importa si tengo el nombre de Jorge escrito en algún lugar de mi piel, no importa si uso su collar o veo sus pinturas o leo sus cartas o veo nuestras fotos o respiro su perfume, tampoco importa si no tengo nada, ningún objeto, ningún detonante... no podría olvidarlo.

41.

CAMINAMOS POR LA PLAYA, aquí no hay hoyos que tengamos que esquivar, todo es arena aplanada por el agua del mar y aun así, sin tener que poner alguna excusa, Pablo me toma de la mano. Me siento extraño, nervioso, observado. Nunca nadie me había tomado de la mano frente a tanta gente, debajo de tanto sol. Miro hacia todos lados, buscando ojos que nos vean con disgusto, pero no hay nada de eso. En cambio, hay una pareja joven que nos sonríe, unos niños que pasan a nuestro lado corriendo, un perro que salta para alcanzar un *frisbee,* una pareja de ancianos leyendo que ni nos ven. Y creo que me gustaría que alguien nos reclamara algo, que nos acusara de algo, que nos mirara feo. Creo que me gustaría pelear con alguien, defenderme de alguien, debatir con alguien... pero a nadie le importa.

No son muchas las veces que he estado en la playa. Yo creía que los granos de arena eran tan pequeños que no se les podía sentir bajo los pies; sin embargo, ahora mismo soy consciente de cada uno de ellos. Solo tengo que concentrarme un poco y en mi mente puedo ver la arena que deja las plantas de mis pies y también la que se pega a ellos. Es un intercambio, me dejan y se adhieren a mi cuerpo, me pregunto cuánta de la arena que se pegó a mí con el primer paso seguirá conmigo cuando me enjuague los pies a la entrada del hotel.

—Tú lo sabes todo sobre Jorge y yo no sé nada de tu vida amorosa —le suelto con repentina curiosidad.

—No es tan interesante, fuera de unos cuantos romances fugaces solo he tenido una novia.

—¿Y bien?

—Y mal. Me puso lo cuernos con un paisa de mierda. Ya no puedo escuchar ese acentito sin que se me revuelvan las tripas.

Me pregunto si toda la xenofobia nace de sitios como este, si las guerras nacen por situaciones como estas. Pienso en la guerra de Troya y hago una anotación mental: buscar cuántas guerras han iniciado por amor. Por lo menos Pablo no dijo «un colombiano de mierda», tomó lo único que sabía de él, que era de Medellín y creó una narrativa que le permitiera odiar algo. Yo siempre elijo el amor, pero a veces necesitamos odiar para sobrevivir. No le funciona odiar a todos los hombres, no le funciona odiar a todos los colombianos. Funciona un poco odiar a los paisas y funcionaría mejor odiar una cualidad específica de ese hombre, pero no lo conoce, así que decide odiar a los paisas y su acento porque es lo único que sabe de él.

Me doy cuenta de que el sol ya se esconde porque la piel de Pablo comienza a tornarse dorada y ya no entrecierra los ojos, ahora permite que el sol diluido entre a sus pupilas. Y se ve tan guapo. Le pido que se detenga unos segundos, necesito oler su cuello. De pronto el olor del mar desaparece y me llega un aroma a cítricos que combina muy bien con el escenario. Seguimos caminando y tengo que contener las ganas de volver a acercarme a su cuello. Quisiera dormir ahí o hacerme pequeño y que me pasee en su hombro para seguir oliéndolo. Alguien se acerca a nosotros para ofrecernos brownies con marihuana, pero nos basta con cruzar miradas para entender que no queremos repetir ni acercarnos a lo que pasó en las cabañas; le agradecemos al chico y él se va corriendo detrás de otra pareja. Llegamos al final de la playa y el sol no termina de morir, se sigue sumergiendo en el mar. Alguien más se acerca a nosotros, ahora para ofrecernos cocos similares a los que bebimos hace unos minutos en el hotel. Aceptamos. No tienen alcohol, pero están más fríos y refrescantes o quizá nosotros estemos más calientes y agotados de tanto caminar. Nos sentamos para esperar que el sol se esconda por completo.

—Cuando se vaya el sol no veremos nada —me dice.

—Regresemos entonces, podemos cenar algo en el hotel.

—No, no, quedémonos un rato más. Terminemos los cocos.

—¿Te da miedo la oscuridad?

—Naturalmente, ¿a ti te gusta no ver por dónde caminas?

—La luna nos dará luz suficiente. Además no te pasará nada, yo te cuido.

Me gustó decir esa frase. «Yo te cuido». Antes de decirla no me creía capaz de cuidar a alguien, quería más bien que alguien cuidara de mí, pero en cuanto esas palabras salen de mi boca me siento poderoso y creo que podría defenderlo de algo, de lo que fuera. Podría incluso sacrificarme para que él sobreviviera, podría ser un héroe. Ser un hombre.

No sé si la gente se ha ido con el sol porque no veo a más personas y lo único que se escucha son las olas rompiendo. Me parece que puedo escuchar también la sangre pasar por sus venas yugulares. Enfoco mi vista en su cuello, pero, aunque lo tengo demasiado cerca, la luz de la luna es deficiente, solo veo sombras. Acerco mi oreja a su cuello y lo escucho más claro: la sangre bombeando por su cuerpo. No sé si me lo imagino o ¿es que acaso me he convertido en un vampiro? Juro que puedo escucharlo. Beso su cuello y detecto el sabor salado del mar, que es diferente a lo salado de su sudor. Pablo suelta unos gemidos suaves que me gustaría convertir en gritos. Meto la mano debajo de su traje de baño y noto que está húmedo, mis dedos se llenan de ese líquido flexible que me llevo a la boca pensando que puede quitarme esa sed que siempre he sentido.

—No hagas eso —me dice con la voz temblorosa y yo lo beso para que él no se vuelva un hombre sediento.

Quiero que estemos saciados de hambre y sed, que nos bebamos y nos comamos y mastiquemos nuestros huesos si es necesario. Empieza a llover y yo pienso que nunca había visto caer lluvia en el mar y vuelvo a meter mi mano bajo su traje de baño y lo toco con la palma, hago círculos ejerciendo un poco de presión y se viene y termina y exhala. Me llevo la mano a la boca, pero me sujeta y se ríe, me dice que no, que me detenga y lleva mi mano a la arena para limpiarme con ella.

42.

LE PEDÍ A PABLO QUE COMPRARA unas naranjas mientras yo preparaba el desayuno en la pequeña cocina de la habitación, ya me encargaría de exprimirlas para tener algo de beber. Llega con las frutas que a simple vista parecen estar buenas, pero al cortarlas por la mitad la pulpa se ve de un color extraño, paso mi lengua por una mitad para probarla y no tiene mal sabor, pero prefiero no arriesgarme y las tiro a la basura. Le aviso a Pablo que tomaremos café y él reclama que hace mucho calor para beber café. Le digo que los líquidos calientes regulan la temperatura. No sé si sea cierto, pero me cree. Le echa tres cucharadas de azúcar y eso me hace reconsiderar, aunque sea solo un momento, lo que siento por él.

—¿Me lees un poema? —Su petición me parece tierna, casi infantil.

—Claro, deja voy por mi libro.

—No, no, alguno que te sepas de memoria.

—¿Crees que tengo algún poema memorizado? Me tienes mucha fe.

—No me defraudes.

—Conozco uno.

—Acepto cualquiera.

—Se llama «Los amorosos».

—Te escucho.

Cierro los ojos para rescatar de mi mente los versos que alguna vez aprendí.

—«Los amorosos callan…» —empiezo.

Me sorprende lo fácil que me resulta ligar cada frase. Recordar el inicio fue lo más difícil. Supongo que lo que se aprende de verdad nunca se olvida. Hay una estrofa que habla de serpientes, me la salto por completo, nunca me la aprendí. Algo me conmueve antes de terminar, creo que es la repetición, la acumulación de la frase «los amorosos» la que me hace llorar un poco. A veces creo que lloro mucho en público para demostrarles a los otros que soy humano, que soy frágil, que necesito que me quieran, que me cuiden. Pablo no me pregunta si estoy bien, no me mira con extrañeza, solo recoge mis lágrimas con su pulgar y se las lleva a la boca, y yo pensaba que ayer le había quitado toda la sed. Yo podría darle agua, sangre, lágrimas. Podría darle carne, frutos, semillas. Quedé violentamente marcado por la pérdida y el dolor, es por eso que ahora ansío la ternura.

—Me gustaría sentir como tú —dice.

—¿Y llorar un montón?

—Creo que eso es lo que más deseo. Es tan rico llorar, pero lo hago muy poco.

—¿Cuándo fue la última vez que lloraste?

—Hace poco más de un año, cuando murió Gancho.

—¿Era tu perrito?

—Mi gato.

Intento recordar qué hacía hace un año, sin embargo, todos mis recuerdos son difusos. Sé que volé entre Monterrey y Ciudad de México, sé que leí algunos libros, que trabajé lo necesario, que fui al cine muchas veces, que caminé en el Parque de los venados y en el Rufino Tamayo. Todo este tiempo estuve a punto de morir, todo se movía deprisa, tan rápido que es difícil recordar lo que pasó no solo el año pasado, también los años anteriores. Recuerdo las despedidas amorosas que dejaron huella en mí, pero no recuerdo los días, lo cotidiano, las conversaciones, las comidas, los libros, las películas, todo pasaba de largo. Puedo recordarme en la butaca del cine, pero ¿qué película vi? No lo recuerdo, ¿y el libro que tengo en la mano? La vida era como ir a ciento ochenta kilómetros por la carretera, enfocar un árbol que se perdía al instante para después encontrarte con otro bastante similar pero no el mismo, aunque se pierde de la misma manera. ¿Dónde están mis recuerdos? Me aterra pensar que los he perdido para siempre y que todas las nuevas vivencias quedarán olvidadas también. Tengo que regresar, prestar atención. No solo posar la mirada, sino verlo todo. Amar y verlo todo.

Pablo me muestra una foto de Gancho, es gordo y tiene el pelaje de un gris azulado.

—Me gustaría adoptar otro gatito, pero no sé. A veces creo que es muy pronto. No quiero que sienta que lo remplacé sin darme el tiempo suficiente para sanar esa herida —me confiesa.

Le digo que regresando a Monterrey podríamos ir al refugio de animales, puede ser que al ver o tocar a alguno de los gatos que ahí cuidan sienta una conexión. Tal vez Gancho le muestre una señal, le ayude a elegir una nueva mascota de la cual cuidar. No le digo que siento dentro de mí que Jorge hizo eso con nosotros. Este reencuentro debe haber sido maquinado por él, cansado de que yo mismo no pudiera encontrar las respuestas. ¿Será que los muertos tienen ese poder: el de abrir caminos frente a los ojos de los vivos, decirles por ahí sí, por ahí mejor no? Quisiera conocer esa verdad, saber si no veía sus señales o es que acaso tomé todos los caminos que me sugirió, ¿estaba en mi destino que mi corazón se rompiera cuatrocientas veces?

43.

—¡TENEMOS QUE IRNOS! —me apresura. Lo que tenía que ser una siesta de veinte minutos se prolongó más de una hora.

El cuerpo de Pablo abandona todo el calor cuando duerme, su piel se vuelve fresca y yo, que siempre tengo calor, lo agradezco. ¿Cómo voy a dormir solo veinte minutos cuando lo estoy abrazando? Tenemos veinte minutos para llegar al campamento de liberación para tortugas, yo que siempre llego a tiempo sin importar si salgo tarde, me siento tranquilo. Pablo se muestra ansioso, se mueve de un lado a otro de la habitación, recogiendo cartera, llaves, celular, bloqueador solar y demás cosas que va encontrando y echando dentro de un bolso de tela.

—Yo voy a manejar, llegaremos a tiempo —le digo para tranquilizarlo y extrañamente deja de correr, se acerca para besarme y me arrastra al coche. El camino está lleno de baches. Me alegra que hayamos contratado el seguro de auto más completo, sospecho que en cualquier momento perderemos una o dos llantas.

El campamento tortuguero es un pequeño tejaban. Somos los últimos en llegar, pero estamos a tiempo.

La guía nos indica que tenemos que esperar porque el sol está demasiado arriba, hay mucha luz y las aves podrían bajar y devorar a las tortuguitas. Son pocas las que llegan a la edad adulta, debemos protegerlas y poner las probabilidades de su lado. Hay una caja de plástico enorme en la que calculo que debe haber unas treinta de ellas, todas intentan salir de ahí, se suben unas arriba de otras y el ruido que hacen al golpear la caja con sus aletas me parece la canción más bonita del mundo, es casi la misma música que hace la lluvia al caer sobre ciertas superficies.

La guía, cuyo nombre no recuerdo aunque se presentó con nosotros hace unos minutos, nos reparte cáscaras de coco y sobre ella coloca una tortuga. Quiero ponerle nombre a la mía, pero creo que ninguno podría hacerle justicia. Es tan pequeña pero crecerá muchísimo. Quizá en algunos años nos reencontremos, me recuerde y deje que me sujete a su caparazón para pasearme por el mar. Nos dan la señal, las acercamos a la arena, salen del platito de coco y empiezan a caminar a distintas velocidades y en diferentes direcciones, casi todas hacia el mar, aunque hay un par que se encuentran desorientadas, quieren regresar de donde venían. Quizá no se sienten preparadas. La guía las reorienta, no se les permitirá regresar al refugio, tienen que llegar al mar. Después de unos minutos las tortugas más rápidas empiezan a ser alcanzadas por las olas que las empujen de vuelta a nosotros, me parece que nunca podrán llegar a su destino, debe ser agotador caminar tanto, ser arrastradas por las olas, tener que buscar alimento. Debe ser agotador ser tan pequeñas. Tengo una sensación extraña en el cuerpo, en la piel, como si mi cuerpo supiera que este es el lugar donde pertenezco. Siempre he sido un hombre de ciudad o de montañas. Ahora frente al mar, sin edificios a la vista, sin verticalidad, con el sol, la arena, el agua y las tortugas. Creo que, por lo menos en estos momentos, soy otra clase de animal. La última tortuga llega al mar y poco después el último rayo de sol deja la tierra.

44.

Este mantel a cuadros en el que estoy sentado es tan delgado que puedo sentir el césped que hay debajo. Hay copas con manchas de vino y dos botellas vacías a mi lado. Cáscaras de naranjas con marcas de dientes y un aroma cítrico que sigue flotando en el ambiente. Mi abuelo toca la guitarra con unas manos jóvenes aunque su rostro conserva las arrugas. Ay, abuelo, cuánto tiempo sin vernos. Años y años y el tiempo no es nada. Escúchame, nada ha pasado o por lo menos no lo recuerdo. Hay una voz como un ronroneo, Jorge a su lado canta sin abrir mucho la boca. Hay sensualidad en ese decoro. Mi abuelo y Jorge no se conocen y, sin embargo, están aquí, haciendo música juntos. Quiero hablar con ellos, preguntarles cosas, pero no me atrevo a pronunciar ni una palabra. Todo lo que pueda decir rompería con la belleza del momento, ninguna frase estaría a la altura. Solo las miradas y los gestos. Al fondo hay un oso negro, recargado en un encino. No tengo miedo, se le ve muy tranquilo y muy gordo. Seguro alcanza a escuchar la música, lo están arrullando, pronto caerá dormido. ¿Si él duerme yo me despierto? Estos hombres siguen haciendo música. Esta debe ser la canción más larga del mundo. Salen luciérnagas por debajo de mi playera, nos sobrevuelan, titilan con una luz verde que es casi apagada por la luz del sol. Quiero hablarles de Pablo, que me digan lo que piensan de él, que me aseguren que lo que siento está bien, que sé amar a quien merece amor. Salen las hormigas de la tierra y todas ellas muy ordenadas hacen una fila larga, toman nuestras cosas, se llevan las cáscaras de las naranjas, se beben las gotas de vino que permanecían en las paredes de las botellas, se llevan nuestros zapatos. Abuelo, ¿qué piensas de mí ahora que sabes lo que no supiste? Abuelo, una vez me dijiste que quitara la mano de mi cintura porque así se paraban las mujeres y yo era un niño. ¿Sabes que estás haciendo música con mi novio muerto? Si los muertos todo lo ven, nos viste tomados de la mano, nos viste amándonos, abuelo, dime, ¿te dio asco? Dime si más bien lo entendiste todo, si estás tan lleno de amor porque cuando uno muere se llena de amor, que es la sustancia con la que está hecho todo. Dime si me comprendes, dime que me quieres. Mírame a los ojos y di que lo entiendes todo, que te alegra, que te conmueve, que te llena. Se rompe una cuerda de la guitarra, pero solo la mueve del camino y sigue tocando. Creo que sus dedos sangran, pero él sigue tocando. Jorge tiene el collar que me regaló alrededor de su cuello. Yo también lo tengo, antes solo había uno. Ahora cada quien tiene el suyo. Creo que estoy mejor, Jorge. He entendido las señales que me has mostrado. Dime que tú me enseñaste este camino, que tú colocaste a Pablo en mi vida. Por favor, dime que eso es lo que tú deseas y que yo seré feliz. No podría seguir con Pablo de otra manera. Jorge, dime algo. Abuelo, deja esa guitarra, te estás lastimando. Este mantel a cuadros en el que estoy sentado es tan delgado que puedo sentir a las hormigas moverse por debajo. Puedo sentirlas, son miles de ellas, nos levantan, nos mueven, ¿adónde nos llevan? «Nuestra reina quiere escuchar la música», creo que dicen. Les digo que la canción no se ha terminado, pero no me escuchan.

Abro lo ojos, el cuarto sigue en completa oscuridad, no hay luz que se cuele por entre las cortinas. Pablo también ronronea, eso que sale de él no puede llamarse ronquido. Salgo del cuarto sin hacer ruido y una vez que llego a la arena húmeda y firme, me pongo a correr. El clima es agradable, pero mi cuerpo siempre ardiente parece calentar todo el viento que pasa cerca de mí. Nunca había soñado con mi abuelo, ¿qué quiere decirme? ¿Y Jorge? Qué audacia la de sentarse a cantar y tocar sin hablarme. Ellos que saben lo malo que soy tomando decisiones, interpretando las señales. ¿No me tardé ocho años en entenderte, Jorge? Me asustan las cosas que pienso y sueño. Estos brincos entre lo real y lo mágico y mis ganas tontas de creerlo todo.

45.

—¿QUÉ TE GUSTA DE MÍ? —Me arrepiento al momento de hacer esa pregunta.

—La paso muy bien contigo. Me gusta que no tienes miedo a mostrarte vulnerable, eres casi transparente. Me siento seguro y tranquilo. Estoy convencido de que nunca le harías daño a nadie.

—Eso no es algo que dependa de nosotros. A veces lastimamos a los demás sin querer hacerlo.

—Sí, a veces lastimamos a los demás por descuidados, por no prestar atención, por enfocarnos en lo que nosotros queremos. Pero tú no eres así, tú controlas todas las variables. Las personas, las buenas personas, van por la vida tratando de no lastimar a nadie, pero tú no tratas, lo llevas a cuestas como una tarea esencial.

—Estás subiendo mucho la vara, no podré estar a la altura de tus expectativas.

—¿Me vas a lastimar?

—Seguramente los dos nos lastimaremos. Por lo menos esa ha sido la constante que he descubierto. Todo termina, alguien o ambos salen heridos, el ciclo se repite.

—Estoy seguro de que todas las decisiones que tomes vendrán desde el amor. Con eso en mente, no puedes lastimarme.

—Y pensaba que yo era el inocente.

—¿Y resulta que soy yo?

—Quizá lo somos los dos.

—Prefiero la inocencia al escepticismo, cuesta menos mantenerla.

—¿Me estás diciendo escéptico?

—No, de nuevo: eres lo suficientemente vulnerable para no ser escéptico.

—No creo que decir que alguien es vulnerable sea un cumplido.

—¡Claro que lo es! La mayoría de nosotros somos vulnerables, pero tú no tienes miedo de mostrarlo. Se necesita ser fuerte para mostrarle a los demás que tienes cierta sensibilidad.

—Ah, ¿soy sensible?

—Y muy llorón.

—Es un método de defensa.

—Lo sería si solo lloraras frente a los demás.

—Soy vulnerable.

—Y por eso me gustas, ¿quieres algo de tomar?

—Una cerveza.

—¿Y un coco?

—Hidratarse es importante.

Se para y yo me quedo recostado en el camastro. Agarro mi mochila para buscar mi libro, que estoy a punto de terminar. Necesitaré comprar otro para tener algo que leer en el vuelo de regreso. Hay una vibración que cesa. Veo mi celular y juro que mi corazón deja de latir dos segundos enteros. Hay tres llamadas perdidas de mi mamá, una llamada perdida de mi papá y dos mensajes de mi prima. Sé lo que dicen los mensajes sin siquiera leerlos. Tiene que ser eso, no puede ser otra cosa. Las buenas noticias no son tan insistentes, no buscan la forma de llegar a ti. Las buenas noticias pasan de largo, se alegran si no las atiendes. Ahora mismo me gustaría ser un pulpo, tener tres corazones y sentir la presión del mar. Que el agua me apriete todo el cuerpo, que no haya parte mía sin ser abrazada. Las lágrimas y el agua salada son lo mismo, no se llora en el mar, se le regresa lo suyo. Polvo eres y en polvo te convertirás, pero yo soy agua. ¿Si lloro soy más o menos agua?

Veo a Pablo en el bar del hotel. Le están entregando un par de cervezas. Él también me ve. Levanta su brazo para saludarme y yo lo saludo de vuelta. Busca en la mochila su cartera y yo aprovecho para regresar al mar. Me coloco en la orilla y llega la primera ola que me alcanza los pies. Hay una bandera roja clavada en la arena, las olas son altas y deberían darme miedo, pero no lo hacen. El mar está agitado, revuelto, como mi estómago. Me adentro más en el agua, mi cadera ya se encuentra sumergida. ¿Será que la tortuga que liberé ayer sigue cerca de la costa? Es posible que me vea. Sigue siendo tan pequeña que no puedo sujetarme a su caparazón, no puedo sujetarme a nada, quizá solo al fondo del mar. Las olas ya rompen en mi pecho, me empujan y me jalan. Me mueven, me descolocan. Ahora sí que tengo algo de miedo, un miedo tan pequeño que la tortuga podría llevárselo, si tan solo nos encontráramos.

¿Por qué pensé que podía vivir en el mar con su horizontalidad? Sin ningún lugar donde posar los ojos, sin ningún lugar del que sujetarse. ¿Por qué creía que tenía que dejar Monterrey? Con sus montañas que veo y me ven. ¿Por qué odio desear lo que deseo? Abuelo, ¿cómo podrás levantar a la abuela si te sangran las manos? Necesitas ayuda, abuelo. ¿Quieres que te ayude? No me molestaría llevarla contigo, mis brazos siguen siendo fuertes. Ha pasado mucho tiempo desde que sangré.

«Jorge, Jorge, ¿estás ahí?», grito. Estoy muy dentro en el mar, nadie me escucha, ni los vivos, ni los muertos. Jorge, ayuda a mis abuelos, dime si me necesitas, yo podría ir con ustedes. Aquí hay mucha agua y yo soy más bien de desiertos. Estoy tragando agua, no puedo contra las olas. ¿Qué hice? No debí alejarme tanto de la orilla, no debí hacer muchas cosas. Hay una voz que grita mi nombre. Édgar, me llamo Édgar, y alguien grita mi nombre. Es una voz que me regresa el calor al cuerpo, Jorge, ¿eres tú, Jorge?

46.

HAY UN PESO SOBRE MI TORSO que me saca el aire y el agua, saca todo lo que me mantiene con vida. Me obliga a enderezarme, toser, tomar bocanadas de aire, actuar como alguien que está vivo. Pablo me mira con alivio aunque en su rostro persisten las marcas de la angustia. Lo abrazo fuerte, le digo al oído para que los curiosos que se reunieron para ver al ahogado no escuchen que nos tenemos que ir. «Mi abuela murió», le digo cuando entramos a la habitación, no me salen las lágrimas, y yo que siempre lloro.

Estoy seco, nada importa que me haya tragado todo el mar. Pablo dice que no me preocupe, que tome un baño. Él se encargará de nuestro regreso. No quiero tomar un baño, pero igual entro a la ducha porque siento que llegué al fondo del mar, que mi piel fue tocada y jalada por distintos animales marinos. El agua caliente es una clase de cura. Uso dos toallas para secarme, ya no quiero más humedad en el cuerpo. Mi celular sigue vibrando, no puedo escuchar la voz de mi madre que se parece tanto a la de mi abuela. Pablo no logró cambiar nuestros vuelos, pero compró otros que salen dentro de un par de horas. Les envío un mensaje a mis papás diciéndoles que por la noche estaré de regreso en Monterrey. Me siento egoísta, quizá mi madre estaría más tranquila si pudiera hablar conmigo, pero no puedo. Lidiar con esto ahora mismo me mataría. Necesito apagar todo.

—Yo manejo, ¿de acuerdo? —No sé si es aviso o pregunta.

—No tienes licencia.

—No pasa nada, estamos cerca del aeropuerto.

—Me sentiría mejor si yo manejo, podría concentrarme en el camino. Podemos decir que es mi forma de meditar.

—¿Estás seguro?

—Sí, no te preocupes. Sabía que pasaría pronto, ¿sabes? No me gustaba pensar en eso pero lo sabía.

—Me alegra haber podido platicar con ella.

—Le caíste muy bien.

—Y ella a mí.

El viaje de regreso lo hacemos con otra aerolínea, era la única opción si queríamos tomar un vuelo directo, me contó Pablo. Nuestros boletos son en primera clase, le digo que no era necesario, que no tenía que gastar tanto dinero, pero él me dice que quiere que viaje cómodo, que descanse porque serán unos días largos. Me gustaría que no tuviera razón; sin embargo, incluso ahora, en este día, creo que he vivido varias vidas. Santiago me llama, dudo si responder la llamada porque ya estamos en el avión y aunque la gente sigue subiendo no sé cuánto tiempo tengas antes del despegue.

—¿Bueno?

—Samanta me contó lo que pasó. Cuánto lo siento, amigo.

—¿Cómo? Samanta no me ha escrito ni a mí.

—Dice que no has respondido las llamadas de tus papás, no quiere abrumarte.

—Y a ti no te importa venir a agobiarme, ¿verdad, cabrón?

—Tú me conoces. Ya busqué vuelos a Monterrey, puedo llegar en dos días.

—No seas tonto, te acabas de ir.

—Pero me necesitas.

—Si regresas a México, no te lo perdonaré nunca.

—¿Qué clase de amigo sería si me quedara aquí?

—Uno que respeta lo que quiero. Me harás más falta dentro de unas semanas, cuando todo se haya calmado.

—Nos vemos en un mes, ¿de acuerdo?

—Sí, eso me gusta. Te tengo que dejar, nuestro avión está por despegar.

—Aquí estoy. Siempre. Te quiero.

—Lo sé, te quiero más.

Pablo reclina mi asiento, me acomoda la cobija sobre el cuerpo y me sujeta la mano. Intento pelear con el sueño, hay muchas cosas en las que tengo que pensar, mil situaciones y papeleos que habrá que resolver, pero mis ojos pesan demasiado. Se cierran y los abro pero cada vez me siento más vencido, no puedo levantar los párpados.

Me despierta la turbulencia. La mano de Pablo me sigue sujetando, quizá más fuerte que antes de dormir. Deben de darle miedo los movimientos bruscos del avión. El piloto nos pide que nos abrochemos los cinturones pero yo nunca me lo quité. Se abren algunas de las puertecillas de los compartimentos superiores. Nunca antes había experimentado tanta turbulencia, te hace repensar sobre lo mágico que es estar volando. Da miedo saber que solo hay aire a nuestro alrededor, no hay cuerdas que nos sujeten. Si el avión cae, ¿en dónde se estrellaría? Espero que sea un lugar bonito, cerca de una cascada, unos árboles y un cielo despejado. Hay surcos alrededor de los ojos de Pablo, está cerrando los ojos con mucha fuerza, me hace recordar que mi propósito es verlo todo, amarlo todo. Me acerco a su oído y le recito partes de un poema que nunca me aprendí por completo. Suaviza su rostro, me toca el cabello que sigue siendo corto aunque ahora puede sujetarse y el avión deja de temblar…

47.

ME GUSTARÍA SABER si hay por lo menos un segundo en la historia de la humanidad en el que nada malo haya pasado. Un segundo en el que nadie haya muerto, nadie haya tenido hambre o sed, un momento en la historia en el que nadie haya derramado una lágrima o una gota de sangre. Un segundo en el que ninguno de los besos que se dan son de despedida. Un segundo en el que todo es ternura, amor. Un tiempo en el que todos los que habitan están completos, sin mutilaciones. Que si te toca sol sea gentil, y si te toca luna sea luminosa. Un momento en el que ya no nace nadie más porque estamos todos en pares. Hubo un momento en la historia, muy corto para lo que es la historia, en el que mi abuela vivía.

Hay flores por todos lados y las hay de todos los colores. Veo en las tarjetas y en los listones nombres familiares. Hay un arreglo que mandó Santiago, otro de Samanta. A lo lejos puedo ver que el ataúd de mi abuela se encuentra abierto, hay personas alrededor mirando un cuerpo que ya no es ella, pero seguro se le parece. Yo no me acerco. Saludo y abrazo a mis padres, a mis familiares, a los amigos que estaban aquí incluso antes de que yo llegara. Samanta me regala un mazapán, dice que debo estar hambriento y cuando le digo que en la comida es en lo que menos pienso me abre ella misma la envoltura y me pone el dulce en la boca.

—Hay unos tacos en la esquina, podemos ir y regresar en veinte minutos. Avísame cuando tengas hambre y te acompaño —me dice.

No me pregunta cómo estoy porque lo sabe, no me tira las frases que se dicen. Uno podría pensar que nadie le ha avisado que mi abuela murió. Y lo agradezco. Pablo va y viene, paseándose por todo el lugar. Unos niños que no conozco lo arrastran para que juegue con ellos y cuando logra escapar viene y me aprieta los hombros y me pasa la mano por la espalda antes de que me lo vuelvan a robar. Nadie conoce a Pablo, solo Samanta, pero todos lo miran con agradecimiento. Le está permitiendo a los adultos, a los padres, vivir el dolor. Despedirse.

Mi papá sale y entra del lugar. Dentro se encarga de consolar a mi madre, de dar indicaciones o responder preguntas, afuera se encarga de fumar un cigarro tras otro aunque hace veinte años había dejado el tabaco. Lo dejó porque cuando yo era chico le rogaba que lo hiciera, en la escuela no dejaban de asustarnos con lo malo que era fumar; nos decían que cada cigarro te quitaba diez minutos de vida, y yo quería que mi papá viviera por siempre. Ahora quiero que mi papá viva por mucho tiempo, pero ya no me atrevería a pedirle que deje de fumar.

—¿Me das un cigarro? —le pregunto a mi papá.

—¿Fumas?

—Casi nunca.

—Ya somos dos. —Se ríe y me señala con el dedo—. Recuerdas que dejé de fumar por ti, ¿verdad? Te ponías como loco cuando me veías con el cigarro.

—Claro que me acuerdo, crecí traumado.

—Y mírate ahora.

—Qué maravilla, ¿no?

—¿Qué cosa?

—Los hijos vienen a dar lecciones a los padres.

—Si la lección era que había que dejar el cigarro, con tu ejemplo no lo has dejado muy claro.

—No, no, la lección es nunca hacer algo que no quieres hacer solo porque alguien más te lo pide.

—Qué cabrón, volteando la tortilla. ¿Ni por amor?

—Te diré que no, ni por amor, pero tú sabrás que te estoy mintiendo.

—No me arrepiento, eh. Tu cara cuando me viste tirar una cajetilla que recién había comprado lo vale todo.

—Y no lo olvido. Gracias.

—Tonterías que uno hace por amor. A ver si ahora aprendo.

Alguien que sé que he visto antes, pero de quien no recuerdo su nombre, ni si es mi primo o mi tío lejano, nos trae vasitos con café y sobres de azúcar. Lo bebo, tiene un sabor horrible, a quemado. Qué alegría que el café haya estado tan malo, me hubiera afectado haberlo disfrutado. Hoy y durante unos días todo debería ser malo o por lo menos mediocre. Mi mamá se acerca, también tiene un vaso con café en la mano y unos ojos tan rojos que no sé si podrán recuperar su color natural algún día.

—¿Quieres despedirte de tu abuelita? —me pregunta.

Me duele la palabra «abuelita», habría preferido abuela o simplemente que me preguntara si me quería despedir.

—Me despedí de ella antes de ir a la playa —le respondo y me mira con una compasión extraña.

—Está bien, tienes toda la noche por si quieres despedirte otra vez.

Siguen llegando personas que no conozco, otras que recuerdo haber visto alguna vez, familiares que me dicen que me conocen desde chico y que cuánto he crecido y que a qué me dedico y que me veo muy guapo y que lo lamentan mucho y que ahora nos cuida desde el cielo y que no debería de manejar una moto porque es muy peligroso y que ojalá decida regresar a Monterrey, que Ciudad de México es un lugar muy peligroso en el que los norteños no tenemos nada que hacer, que mi abuela era una mujer muy buena, que les hará mucha falta, que cuánto mido, que si tengo novia, que si quiero tener hijos debería de apurarme porque la energía se termina, que me pueden presentar a alguien, que parece que va a llover, que si pasaré la noche aquí, que debería irme a descansar un rato, que vieron mis fotos en Puerto Escondido, que en cuál hotel me hospedé, que deberíamos vernos más seguido, que no puede ser que seamos familia y llevemos años sin vernos, que no podemos vernos solo cuando alguien muere o alguien se casa, que qué pasará con la casa de mis abuelos, que pobre de mi prima, quizá nunca se recupere del impacto por ser la primera en encontrar a mi abuela.

Busco a Pablo y Samanta para ir a cenar. No tengo hambre, pero quiero huir de la gente. Parece que tienen mucho que decir y yo no tengo muchas ganas de hablar. Samanta mira que Pablo me toma de la mano mientras nos dirigimos al puestito de tacos, me sonríe y choca un poco su hombro contra el mío al caminar. Le volteo lo ojos, pero también sonrío. Qué molesto que los tacos tengan tan buen sabor, me demuestran que la vida sigue casi sin cambio alguno. Esto será bueno más adelante.

48.

ABUELA, EMPIEZA A LLOVIZNAR porque te tengo que enterrar y ya es muy difícil despedirme como para tener que batallar con la tierra. Al fin un dios bondadoso. Al fin un suelo suave. Estarás descansando sobre mi abuelo. Te cuento un secreto: a veces escucho cosas que no están sucediendo, así que si prestas atención quizá podrás escuchar al abuelo tocar la guitarra. En este panteón también está Jorge, él te ayudó, ¿cierto? Mi abuelo tenía las manos sangradas de tanto hacer música así que Jorge tuvo que ayudarte. No seas pesada con él, ya sé que te gusta hablar y es difícil callarte, pero Jorge disfruta de los silencios. No te preocupes por las plantas, es cierto que la última vez que me dejaste solo en tu casa las pobres estuvieron cerca de morir porque olvidé darles agua. Sabía que lo arreglarías, abuela. No tenía que preocuparme de nada porque sabía que tú cuidabas de ellas como cuidabas de mí. Ahora tú también podrás verlo todo y amarlo todo, ¿no es ese el sueño? Abuela, nunca nadie me volverá a ver como tú. Eras una fuente inagotable de ternura y cuidados. No me quedo solo, no te preocupes. Todos te están arrojando flores, ahora mismo debes sentirte como una cantante famosa, seguro te gustaría prolongar este momento por la eternidad. ¿Puedes hacerlo ahora que se te han obsequiado los superpoderes?

Hay muchas personas llorando. Sé que decías que no querías un funeral triste, pero te conozco tanto y estoy seguro: te alegra que lloren. Te gusta como declaración de amor. Abuela, me has dejado casi huérfano y con esto me parece que es mi turno de volverme padre. No puedo esperar que alguien me cuide porque ya te has ido y ahora nadie me podrá cuidar. Qué tristeza, abuela, y qué ganas de llorar, pero no me salen las lágrimas. No sientas que no te quiero, que no te extraño desde ya. En la lista de los superpoderes adquiridos también debe estar el de leer la mente. Echa un vistazo, te doy permiso, comprende lo que siento por ti y cómo ese espacio está ahora vacío. Cierra los ojos, abuela, las flores te protegen, pero ahora echarán tierra encima. Puede parecer desagradable, pero a ti te gustan las plantas, los árboles, las flores, todo lo que nace de la tierra. Prometo que siempre tendrás flores frescas. Espero que el abuelo no se moleste, él nunca quiso flores, tenía un césped verde, recortado. Y ahora es capaz de reclamar la falta que no necesitaba hasta que se le ha dado a alguien más. Hay más flores sobre la tierra, el lugar se ve lindo. Creo que te gustaría.

Abuela, siempre pensaré en ti, siempre te querré, siempre haré de mis días un homenaje a tu vida. Tengo la corazonada de que nos volveremos a ver, siempre veo a todos los que se han ido. Nos encontraremos pronto abuela, veré a mi novio. Él, como el abuelo, se enojará si no lo visito estando aquí. A veces pienso que así son todos los hombres, pero yo no soy así, al menos eso creo. Quizá ellos también piensan que no son así y al final todos pensamos que somos otra cosa. Bueno, abuela, ¿ves cómo eres? Te dije que ya me iba, y aquí me tienes divagando. Te aviso que hoy dormiré en tu cama. Mañana lavaré las sábanas, no te preocupes.

Algunas personas se empiezan a ir pero la mayoría se queda por ahí, platicando, haciendo planes para comer algo después del día tan largo. Le pido a Pablo y Samanta que me acompañen, no les digo a dónde. Creo que ahora mismo me acompañarían al lugar que quisiera sin hacer preguntas.

Tardo en encontrar la tumba, no lo había visitado desde el día de la sepultura. No lo sentía necesario. Jorge siempre estuvo agarrado a mi espalda. Me siento a su lado, Pablo y Samanta hacen lo mismo. Mi amiga saca su celular y pone una canción que sé que le gustaba a Jorge, me parece que alguna vez vi a los dos cantarla en el coche.

Jorge, sé que cuidarás de mi abuela. No vengo a pedirte nada más. Hoy mientras caminaba hacia acá me percaté de lo mucho que les pido a los demás: que me amen, me den calor, me muestren el camino, me cuiden, me protejan, me muevan y hablen por mí. No sé cuántas veces mi terapeuta me dijo que tenía que ser más activo en mis relaciones; decía que no podía esperar a que los demás decidieran, ordenaran. No podía ser el último en irme solo porque me da miedo irme primero. Hay algo en la muerte que termina con la vida de una persona, pero resetea la de muchas otras. Lo que quiero decir es que cuidaré de tu mamá, Jorge. Fui duro con ella, perdóname. Entré a tu casa, la vi sola y aun así fue más importante sacar mis reclamos y mi tristeza. Soy mejor que esto y sé que tus papás también. Nunca más estará sola, te lo prometo. Amor, ¿ahora nos decimos «amor»? Tengo que dejar de pensar en ti todos los días, pero también prometo visitarte más seguido porque ahora tengo más excusas para venir hasta acá. Ya no sueño tanto contigo ni con nadie. No sé si los amores me han dejado de visitar o es mi subconsciente el que no les permite entrar. Siento que descanso mejor después de una noche sin sueños ni pesadillas. No tengo que despertar y rumiar en las imágenes de mi cabeza en busca de significados; puedo abrir los ojos y ver mi celular o correr o prepararme el desayuno como la gente normal. Creo que solo necesitaba regresar a esta ciudad, visitar los lugares que me recordaban a ti, ver a tu madre para descubrir que no es el monstruo que imaginaba y reencontrarme con el primer amor, el que llegó antes de que mi relación con el romance quedará jodida por tu muerte.

No hay despedida definitiva cuando dos personas estuvieron tan unidas, no te vayas por siempre de mí, dame tiempo y espacio, pero regresa en sueños de vez en cuando. Ya no puedo seguir buscando señales ni caminos bendecidos por ti, así que háblame y cántame. Puedes venir con mi abuelo como la última vez. No se olviden de la abuela, nunca los perdonará si no la invitan. Amor, vendré pronto con un libro, puedo leerte en voz alta la gran novela del momento para que no sientas que te pierdes del mundo que ya no habitas. Ya conoces a Pablo, por favor, cierra los ojos cuando nos besemos, no me hagas sentir incómodo.

49.

INTENTÉ DORMIR EN LA CAMA de mi abuela, pero no lo logré: su perfume me traía los más variados recuerdos y con tantas imágenes en mi cabeza era difícil conciliar el sueño. Le pedí a Pablo que me dejara pasar la noche con él, quería dormir abrazado a alguien. Él cae rendido primero, me enfoco en el sonido de su respiración y siento cómo mi cuerpo se va hundiendo en el colchón. Ya no solo abrazo a Pablo, sino que el colchón nos abraza a ambos.

Despierto solo en esta cama que es muy grande para mí, es enorme incluso para dos personas. Ojalá fuera más pequeña aun cuando ya no hacen falta excusas para tocarnos. Hay una hoja sobre la mesa de noche, pienso que seguro será una nota que dejó Pablo antes de salir a trabajar. Me apena saber que él tiene que despertar temprano todas las mañanas para ir a su oficina mientras yo tengo completa libertad de horarios y geografías. Normalmente tardo un par de horas en terminar el trabajo del día, y a mi jefa no le importa qué hago con el resto del tiempo.

Flor de naranjo
anuncia el regreso
amor de ayer

Leo y releo el haiku que Pablo me escribió. Lo imagino con su voz y se me estremece el cuerpo. Yo le pedí esta confesión de amor cuando días atrás le demandé que escribiera un poema en medio de nuestra borrachera. ¿De qué iba a escribir sino de nosotros? Ahora siento que debo declarar mi amor con la misma pasión, un acto que esté a la altura del regalo que es este poema. Quiero que a su vez él también quiera corresponder mi respuesta con otra declaración de amor y así vernos envueltos en un remolino de discursos amorosos.

50.

—TUS ABUELOS DECIDIERON que la casa pasara a ser de sus dos nietos. Tendrás que hablar con tu prima para acordar qué quieren hacer con ella. Hijo, no la vendan, por favor. Si necesitan dinero para mantenerla o cualquier otra cosa, pueden hablar con nosotros. Me dolería mucho perder el hogar donde crecí, es lo poco que me queda de mis papás.

—¿A nosotros? —me sentía culpable por heredar algo que debería pertenecerle a mi mamá y su hermano.

—Sí, es tuya y de tu prima. A nosotros nos dejaron la finca de Montemorelos —me aclara, quizá entendiendo mi desconcierto—. Lleva años abandonada, pero creo que es tiempo de que la regresemos a sus mejores años.

—Hablaré con Marlene.

La última vez que fui a la finca estaba llena de maleza que invadía y trepaba por todos lados. Mi abuelo era el encargado de mantenerla limpia y funcional. Desde que murió ya nadie se toma el tiempo de cuidarla, apenas la visitan un par de veces al año para asegurarse de que ese pedazo de tierra siga ahí. Yo no recuerdo los mejores años de la finca, aunque he visto fotos en las que una versión mía, una que usaba pañales y batallaba para mantenerse de pie, disfrutaba del césped verde. Ya no llueve como antes ni tenemos agua en nuestras presas y ríos. Mantenerlo verde ahora cuesta más que antes. Quizá si excavaran unos cuantos metros podrían encontrar agua subterránea. Dicen que hay mucha debajo de esas tierras. Agua que no se roba la industria, agua que no evapora el sol. Mi prima me dice que debería de mudarme a la casa de los abuelos. Soy la única persona de la familia que no tiene un lugar propio en la ciudad y le daría mucha lástima que se convirtiera en un museo al que vamos de vez en cuando para recordar, pero no para vivir. «Tengo que hacer una lista», le digo. Me fui de Monterrey porque ya no podía con el recuerdo de Jorge, con el constante recordatorio de su partida... pero después de estas semanas en la ciudad, después de todo este viaje, creo que puedo regresar. Le prometí a la abuela y a Jorge que les llevaría flores y, aunque puedo mandarlas desde Ciudad de México, soy un hombre de palabra y puedo tomarme el tiempo de llevarlas personalmente. Dejé mi moto en la capital, la podría vender y usar parte de ese dinero para arreglar un poco la casa. Aquí podré comprarle libros y café a Samanta, aquí podré besar a Pablo cuando quiera. Allá dejaré algunas cosas, algunas personas que prefiero no involucrar en la decisión. «¿Y bien?», dice mi prima que esperó pacientemente unos segundos mientras por mi cabeza todo iba cayendo en un lado u otro de la balanza. «Está bien, me quedo ahí», le respondo.

Cuando me mudé a Ciudad de México tardé semanas en encontrar un departamento. Los lugares eran viejos o caros o lejanos o en zonas donde un temblor podría arrasar con las torres. Después de una búsqueda exhaustiva encontré un departamento de dos recámaras al sur de la ciudad, con estacionamiento, una terraza y los muebles necesarios para empezar a habitarlo. Firmé el contrato sin pensarlo. Por las mañanas salía a caminar al Parque de los venados, a veces caminaba hasta Coyoacán para tomar un café o comprar un libro. Podía caminar por todos lados y encontrar lugares poco conocidos. En Monterrey no podré hacer eso, el sol es muy fuerte, las calles poco caminables y todos los lugares se concentran en plazas comerciales, no hay espacio para los secretos. Antes de mudarme a Ciudad de México vivía con mis papás, todavía puedo regresar a esa casa, también viví mucho con mis abuelos y ahora esa casa es mía. El departamento de Ciudad de México es el primer lugar del que me voy sabiendo que ya no podré regresar.

51.

—MIRA QUÉ INTERESANTE —dice mi terapeuta—. Hasta que encontraste al primer amor pudiste avanzar. Cuántos duelos tuviste que vivir para poder decir «basta».

—Muchos —le respondo, aunque sospecho que era una pregunta al aire.

—Viste que con cada relación que terminaba dejabas algo atrás pero aprendías algo nuevo.

—Odio esa idea. Tomar lo bueno de lo malo. Quedarse con el aprendizaje de la relación.

—Pero todo ese camino te llevó a donde estás ahora. ¿Te gusta estar aquí?

—¿Con Pablo? Sí.

—Y con tus amigos y tu familia en tu ciudad. Te habías alejado de todos y de todo y ahora regresas. Primero probaste las aguas. Regresas unas semanas porque te necesitan, pero decides quedarte porque te diste cuenta de que, aunque es complicado luchar con tus sentimientos, tampoco es tan difícil. A veces uno se enfrenta con el monstruo y se da cuenta de que no era tan mortal como imaginaba. Nuestras cabezas tienen un poder asombroso para crear escenarios.

—No lo sé… Sí la pasé muy mal.

—Pero decidiste vivir a través de ello. Esa es una decisión que no hubieras tomado si no estuvieras preparado.

—No estoy seguro de estar listo para regresar.

—Pero ya tomaste la decisión, abandonaste tu departamento en Ciudad de México. Estás listo porque ya regresaste, ya pasó.

—¿Y si me arrepiento?

—Nada, tendrás que tomar otra decisión y otra y otra. Así como todos lo hacemos cada día.

—Se escucha muy fácil.

—Quizá se escucha fácil porque lo es, ¿no lo crees?

—No lo sé.

—Piensa en eso. Nos vemos la próxima semana a la misma hora.

52.

MI ABUELO CONSTRUYÓ esta casa hace cincuenta años. Él solo con sus propias manos. No sé si honrarlo implica mantener estas paredes, estos pisos, estas puertas hasta que se caigan, pero me parece que puedo volver de esta casa un lugar más lindo e iluminado. Podría tirar un par de paredes y remplazarlas con unos enormes ventanales que dejen entrar todo el sol de la ciudad, quizá sacar las puertas y crecer el umbral para que todo el que quiera pueda entrar y salir a sus anchas, quitar la habitación del fondo para darle más espacio al jardín y quizá plantar otro árbol. Lo consulto con mi prima y me dice que no tienen ningún problema. A mi mamá incluso le agrada la idea, dice que mi abuela siempre quiso tener un jardín más grande y la casa tiene más cuartos de los que necesita. Imagino todas las formas de honrar a mis abuelos, no destruyendo sino embelleciendo la casa donde vivieron tanto tiempo.

Me paso toda la mañana haciendo una lista con las plantas que mi abuela tiene por toda la casa: los rosales, el naranjo, los cactus, los helechos, la lavanda, el romero, las palmeras y todas las que no pude identificar a simple vista, pero logré catalogar gracias a una aplicación que compré para mi celular. Anoté las veces que tenía que regarlas, cuánto sol necesitan y todos los cuidados que el internet me decía que tenía que tener. Resulta que debo esperar un par de semanas más antes de regresar al gimnasio, pero el médico me dio permiso de nadar. Dice que me servirá para recuperar mi condición física, que la alberca es un gran lugar para meditar. No le digo que nunca he entendido a las personas que meditan, que cuando me siento a pensar me jala un tornado de pensamientos, pero igual me inscribo a un club deportivo para intentarlo. Quién sabe, quizá lo único que necesito para completar la meditación es pensar en las brazadas que tengo que dar para no morir ahogado.

53.

Este patio central está iluminado por lámparas que cuelgan del techo. Estoy en una boda y conozco a todos los invitados. En una mesa están todos los hombres con los que alguna vez salí: Dante, Diego, Armando, David. En otra está mi familia, mis abuelos se ven como los recuerdo hace veinte años. No hay sangre en las manos de mi abuelo. No hay arrugas en el rostro de mi abuela. Jorge está en la mesa con Samanta, Matías, Santiago. Tiene unos ojos brillosos y no hay arañazos en sus brazos. Las mesas están llenas de personas que llevo años sin ver pero que me miran y me hacen sentir bien. Pablo está a mi lado, no sé de quién es la boda, pero tenemos unas copas en nuestras manos y bailamos. Bajo la mirada y por el suelo las hormigas se llevan las botellas casi vacías, no caminan en línea recta, deben estar borrachas. Pablo hace un gesto hacia Jorge y me suelta de la mano. Yo no me acerco a la mesa y no veo que él se levante de su asiento, pero de pronto estamos abrazados, bailando al centro de la pista. Se fue toda la luz del lugar, solo hay unas luciérnagas que parecen estrellas. Jorge dice que me ama y yo le digo que puse su pintura cerca de la ventana. Ahora todos bailan a nuestro alrededor, solos, en parejas, en tríos, en círculos medianos. Veo a un niño dormido sobre dos sillas, no sé de dónde sacó una almohada, está cubierto con un saco que no puede ser suyo porque es demasiado grande.

EPÍLOGO

«En el amor está inscrito el desamor
como en la vida está inscrita la muerte».
Cristina Peri Rossi

NUNCA ME VISTO FORMAL, pero la ocasión lo amerita. Me puse un pantalón azul marino y pedí prestada la camisa celeste de Pablo, aunque él diría que se la robé. Tenemos que atravesar toda la ciudad y eso nos permite conducir con las ventanillas abajo a casi cien kilómetros por hora. Pienso que eso es algo que no podría hacer en Ciudad de México, no a esta hora. Por suerte Pablo renovó su licencia, lo cual me permite ser el copiloto y poder admirar la ciudad sin tener que prestar atención al camino.

El café está lleno de velas, me preocupa que en un descuido todos los libros se prendan en llamas, pero Samanta me dice que solo las usarán esta noche por ser la inauguración y que además son velas eléctricas que titilan como si fueran reales. Me acerco a ellas para verlas a detalle. Podría jurar que son auténticas, pues solo cuando las toco me doy cuenta de que son falsas porque no desprenden calor. Están frías, incluso más frías que mis manos. El café es amplio, tiene libreros de piso a techo que deben medir unos tres metros.

—¿Cuánto crees que miden? —le pregunto a mi novio.

—Tiene doble altura, deben ser unos cuatro metros y medio —me responde.

Quizá algún día mis habilidades para atinarle a las distancias mejore. Matías no deja de traernos platos con los postres que él mismo preparó y que a partir de la próxima semana empezarán a vender. También nos trae vasitos de espresso y nos explica las diferencias entre los distintos tipos de grano.

—Este café es de Veracruz. Van a identificar unas notas más amargas que el café anterior que era de Michoacán —nos dice.

Yo asiento con la cabeza y le digo que sí, que percibo todas las notas que me dice que debo percibir aunque todos los cafés han tenido el mismo sabor para mí, un sabor bueno, eso sí. Samanta me abraza mucho, no deja de repetir lo feliz que está ahora que ya vivimos en la misma ciudad. Me muestra lo que ella considera la mejor mesa del lugar, dice que estará reservada para mí, que ahí puedo trabajar, leer o hacer lo que quiera, pero espera que la visite seguido.

—Miren quién llegó. —Matías señala la entrada.

—¿Santiago? —Me apresuro para abrazarlo. Samanta viene detrás de mí y también lo abraza. Se ve pequeña en ese abrazo.

—No sabía que venías.

—Tu novio me invitó —le dice.

—No me extraña para nada.

Los tres salimos a la banqueta para admirar el local desde afuera. La pared es de cristal y está pintada con rótulos que le dan una apariencia antigua y acogedora. Levantamos la vista y nos quedamos admirando el letrero que dice: «Libros y Café». Santiago y yo nos reímos acusando a Samanta por la falta de creatividad, pero se defiende diciendo que no sabemos nada de *marketing* y que todo es más sencillo cuando las personas saben qué esperar. Por un momento parecemos los mismos de siempre, aunque Santiago y Samanta apenas se pueden ver a los ojos y me usan de escudo entre ellos. Mi amiga tendrá la tarea de apuntar y reorientar las pasiones, apagar un poco el corazón y permitir que el amor fraterno vuelva a florecer. Mi amigo tendrá la tarea de no volver a ser un patán.

Detrás del cristal veo a Pablo jugando con un par de niños que no sé quiénes son ni de dónde salieron. Creo que tendré que acostumbrarme. Algo tiene ese hombre que los niños no pueden alejarse de él. Yo los entiendo, también fui como ellos. Matías nos jala al local y nos ofrece más café, creo que no podré dormir en dos noches. Me acerca un sobre, dice que son los poemas que escribió desde que llegó a esta ciudad. Son algo así como una carta de amor a su nuevo hogar, me pide que los lea cuando esté lejos de su vista porque se pone muy nervioso cuando alguien más ve lo que escribe. Pablo se acerca a nosotros con un niño que cuelga de su pierna y no suelta por más que se agita.

—Son novios, son novios —nos dice mientras ríe y nos señala.

—¿Cómo? —Miro a Pablo buscando respuestas.

—Me preguntó si me gustaba alguien y le dije que sí, que tengo novio.

—¿Te gusta? —me pregunta el niño.

—Mmmmm… —No sé qué responder. Nunca había tenido una conversación así con un niño.

—Creo que no le gustas —le dice a Pablo.

—No, no. Claro que me gusta. Por algo somos novios.

—A mí me gusta Cristina, pero no quiere ser mi novia.

—¿Quién es Cristina?

—Se sienta a mi lado en la escuela.

—Ah, quizá no la dejan tener novio. Es muy pequeña.

—No, no es eso. Dice que no le gusto, que le dan asco los niños.

—Ah…

—Ya encontrarás a alguien que te quiera —interviene Pablo—. Mira, yo tardé veintinueve años en encontrar al amor de mi vida.

Dice que soy el amor de su vida y yo quiero sumergirme en mis pensamientos, analizar si eso es verdad. Recorrer mentalmente todo lo que ha dicho y hecho, poner a prueba su amor por mí. Su devoción por mí. Me hago consciente de mi respiración y dejo de sobrepensar. No me interesa si lo que dice es real o falso, me importa que me hizo sentir bien escucharlo. No voy y no quiero llevar la cuenta. Hacer una lista mental. Ahora solo quiero disfrutar del amor, lo que el amor dure.

Matías coloca copas de champaña sobre las mesitas, nos pide que tomemos una para brindar con ellos.

—Gracias por celebrar con nosotros el nacimiento de este nuevo espacio. Una extensión de nuestra cocina, de nuestra biblioteca personal y esperamos que también sea un lugar de encuentros y reencuentros entre todos nosotros y todos los que queremos —dice levantado su copa.

Samanta y Matías se abrazan y besan. Por un momento imagino cómo se vería un hijo de los dos. Seguro correría detrás de Pablo para jugar con él. Santiago me da unos golpecitos en la espalda, me guiña cuando volteo a verlo y choca su copa vacía contra la mía. Y mi novio me mira. Aquí todo es ternura.